U0723751

# 樱花漫舞

张芙蓉 著

台海出版社

**图书在版编目（CIP）数据**

樱花漫舞 / 张芙蓉著. -- 北京 ：台海出版社，
2025. 4. -- ISBN 978-7-5168-4143-3

Ⅰ. I247.5

中国国家版本馆CIP数据核字第2025YJ8466号

---

**樱花漫舞**

著　　者：张芙蓉

责任编辑：王　艳　　　　　　　总 策 划：王思宇
产品经理：聂　晶

出版发行：台海出版社
地　　址：北京市东城区景山东街20号　　邮政编码：100009
电　　话：010-64041652（发行，邮购）
传　　真：010-84045799（总编室）
网　　址：www.taimeng.org.cn/thcbs/default.htm
E - mail：thcbs@126.com

经　　销：全国各地新华书店
印　　刷：武汉市籍缘印刷厂
本书如有破损、缺页、装订错误，请与本社联系调换

开　　本：880毫米×1230毫米　　　　1/32
字　　数：114千字　　　　　　　　印　张：6.25
版　　次：2025年4月第1版　　　　　印　次：2025年4月第1次印刷
书　　号：ISBN 978-7-5168-4143-3

定　　价：58.00元

# 目 录

—— 第一篇章 ——

## "樱花漫舞"

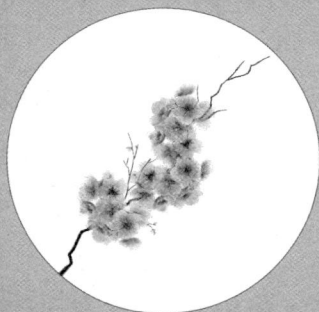

一

　　樱子当然知道什么叫网友，那自然是虚拟的。她的网名叫樱花漫舞，最近与一个叫坏坏的臭男孩的网友聊得火热。

　　坏坏的臭男孩：小妹妹，你的资料都是真的吗？

　　樱花漫舞：当然了，我不会骗人的。不过有一点你或许不明白，那就是：我不小了！

　　坏坏的臭男孩：哦！你若真是山樱学院的，那我家离你学校就太近了，要不要我送你去上晚自习？我是骑车出来的。

　　樱花漫舞：不用了，谢谢！

　　坏坏的臭男孩：嗯……看看你好吗？（发视频）

　　樱花漫舞：不要后悔哦，我很丑的！（接受）

　　坏坏的臭男孩：谁说你丑的！你太漂亮了！

　　樱花漫舞：不要笑我了，俺们是最有自知之明的人，不过你好像也不是很老，挺帅的！

　　坏坏的臭男孩：我有说过我老吗？怎么我不记得了？那你就记得：不要随便说自己丑，你真的很漂亮，也很可爱哦！

漂亮的小妹妹！

樱花漫舞：那我就很小吗？算了，你可真好啊，谢谢你的鼓励。

坏坏的臭男孩：是吗？不过，我可是坏人哪，你呢，最好小心点！

樱花漫舞：呵呵，那我可得早点回去了。

坏坏的臭男孩：我送你啊，我在你楼下等你，我的车牌号是04106，拜拜！（头像灰掉）

樱子走出网吧，在下面转了一圈也没发现他。又往小卖部那边转了转也没有，只好往回走！怨谁呢？樱子连人家的长相都还很模糊。

"嗨！"一个身材中等、白净清爽的男生站在一辆十分拉风的机车旁边向樱子打招呼。

"嗨！"樱子回道。

"我刚好顺路，送你回去吧！"他刻意往前挪出一块儿车座说。樱子看看所剩不多的休息时间，稍加犹豫，还是坐了上去。

"你真的叫樱子啊？"

"是啊，你的小名叫珉珉对吧！我可以叫吗？"

"没问题啊，你学的什么专业啊？"

"不想说！"

"樱子，你还真的很大胆哦！我说送你，你还真的就上来了，哈哈，就不怕戋卖了你？"

"呵呵，就你？再说你，一个不熟悉的人都敢送！网上那些载人反倒被打劫的新闻都不看的吗？"

"我才不怕呢！记着我电话，万一不小心想我了，就打啊，139×××××××。"

"没问题，不过我不一定记得住哦，珉珉，不用给你车费吧？"（卖萌星星眼）

"别这副尊容，哇！我吐，记得要打电话啊！"

"记得下次给我留言啊！不小心想你了就回！"

"那好，不小心想你就来找你。"

"真的？我不太相信你，拉钩！"

"哈哈！""呵呵……"笑声一片。

樱子蹦蹦跳跳回了教室，回想着刚才那位有点儿小帅的珉珉，不小心就笑出了声，惹得同桌不住翻白眼。

一

　　樱子好不容易才挤出点时间来上网，也不知道那个坏坏的臭男孩是不是在线。好几次想喊他出来，又拉不下脸来。好在那家伙正好在线。

　　坏坏的臭男孩：为什么不给我打电话？

　　樱花漫舞：对不起，最近比较忙。再说我也有言在先，不一定记得住的！不准啰唆了！

　　坏坏的臭男孩：哦！哎！我怎么就这么可怜，连问都不准问！算了，我大人不记小人过！你忙什么呢？说说，俺帮你！

　　樱花漫舞：我当班长当得不如意，班上同学一天天地恨不得把房顶掀了！再说学习也忙……（能说的都说了）

　　坏坏的臭男孩：哈哈，想不到你还能当班长呢！这还不简单吗？他们不听你的，你就告诉老师，让老师训他们不就老实了。实在不喜欢，你还可以假装不知道啊。反正只要不影响你自己学习不就好了。

　　樱花漫舞：你说了这么多，全都是废话！一点儿用都没有……哎！

　　坏坏的臭男孩：看看，你又哎，别这么丧气行不行？下午我带你出去玩？敢吗？

　　樱花漫舞：哼！天下还没有本小姐不敢做的事情，去就去，怕你啊！哈哈、呵呵、哼哼！（连续邪恶笑表情包）

　　坏坏的臭男孩：你干吗笑成这样？我突然觉得有点害怕了。

　　樱花漫舞：没有，你想多了。

　　坏坏的臭男孩：可我就是觉得你不安好心，怎么办？

　　樱花漫舞：呵呵，我还觉得是你不怀好意呢！这么快就开始关心我，送我，还约我出去玩！你是不是暗恋我啊？

　　坏坏的臭男孩：你"脑残"啊！我有说过喜欢你吗？自作多情！知不知道什么叫害羞啊！

　　樱花漫舞：呜呜，我没有人要了……（崩溃大哭表情）

　　坏坏的臭男孩：不是，你怎么这么爱哭啊？我的天啊！不逗你了，赶紧下来，我带你去！

　　樱花漫舞：好呢，你老实等着！

　　坏坏的臭男孩的头像灰掉。

　　还是那辆十分拉风的机车，还是那个白净清爽的珉珉。樱子这才发现自己似乎中了他的激将法，但是来都来了。

　　"这么积极啊！我说樱子，天下就你最好等了，哈哈！"

"我说珉珉，天下就你这么鬼吗？"

"对不起啦！樱子小姐，我家离你们学校也就 500 米。先顺道回去放车，然后我们就出去玩！"

的确如此，不出几分钟就到了，还是一幢挺漂亮的小洋楼。里面有几个人在玩扑克，看年纪大概是他爸爸、妈妈。樱子思量着，珉珉已经来到了她身后。

"喂！走吧！我爸妈不会介意的！"

"可是我还差个胆啊！珉珉，我先回去好不好？"

"樱子！你怎么这么没意思？"几乎是把她给拖进了大门。

樱子极其淑女地对屋里的人致意，还好大家都有所回应，否则她可真的要无地自容了。

"去楼上看看吧！"

"嗯。"樱子的麻雀嘴突然少了很多话。

"要不要看书？"

"嗯。"

"我去拿几本书来，你自己挑。"珉珉难得周到起来。

"樱子，你收藏纪念币吗？我送你一块古董型的，怎么样？喜欢吗？"

"我好喜欢哦！ Thank you very much（谢谢）！珉珉！"

"走，我带你去后山转转，那里到处都是好风景，学院很多同学也经常去那里玩。"

樱子很顺从地点点头，乘着清风，乖乖地跟在珉珉身后。安静的林子，茶花娇艳，山谷的农地里，开满了金黄的油菜花，站在山顶看着这个古老的城市，还有几分神秘色彩。

两人在悬崖边的岩洞里歇息，樱子用拇指刀在地上划了个符号——"I ❤ U"，珉珉在一旁蹲着，静静地看着她，没有开口，或许他不明白，其实她也不明白。

坐在山顶的悬崖边，感受山风和高崖带来的临危之感，看夕阳一点点掩去脸颊，珉珉家的小狗不知道什么时候也蹲到了他们旁边，像是在偷听他们笑谈人生。此情此景，多少有一点小小的浪漫。

"我想你一定很喜欢樱花吧？不然为什么要叫樱子啊？"

"笑话，叫樱子就一定要喜欢樱花吗？那万一是我妈妈喜欢呢。"

"你是不是一直都这么好强啊？真是《我的野蛮女友》惹的祸啊！"

"什么啊？我才不是你的女友呢！再说了，我很好强吗？明明是你喜欢惹我！"

"你别这样嘛，会嫁不出去的！"

"呵呵，这要你操心啊？你是不是管得太多了啊？"

"我有吗？"

"有哦，给我纪念币、带我出来玩，还忍受我的坏脾气、陪我说笑，这个好像不是坏坏的臭男孩的准则哦！"

"哎呀，多个朋友多条路嘛！至于我坏不坏，我也不知道，有时候觉得自己挺坏的，烦躁时真希望世界没有明天；有时候又觉得一切都是情有可原的。我真的就没有办法理解我自己。你呢？"

"我？怎么说呢？也差不多吧！有的时候很伟大，有的时候又很渺小，好的时候就觉得什么都好，不好了就希望自己不要做人。挺好笑吧！"

"呵呵，看看我们是不是很投缘啊，同病相怜啊！"

"是吗？既然如此，你就叫我一声姐姐好啦！"

"开玩笑！我比你大多了，小丫头叫大哥！"

"你不可以叫我丫头，除了我爸妈，没人可以叫我丫头！"

"是吗？丫头，叫哥哥！否则，哼哼……"

"你准备怎么着啊？不会想把我丢下去吧？"

天！悬崖哦，掉下去铁定没命，不就是叫声哥哥吗？又不会少块肉，叫就叫吧！想到此处，樱子干巴巴地叫了声"哥哥"。

"哈哈，你现在是不是觉得很亏啊？这么快就成我妹妹了，哈哈！"

"才不呢！我觉得我可赚大了，不仅有了个哥哥，还将整个城市都踩在了脚下！"

"这么说来我得恭喜你了？不过我想知道，你用不用上晚自习！"

"啊！几点了？"

"下午 6：30。"

"我完了！怎么不早说啊，我 7：00 上课啊！从这里回去要那么久，我完了！"

"那你再叫声哥哥，我带你走近路。"

"哥哥，哥哥，好哥哥，我们快点走吧！"

三

"什么世道嘛！一节课没几个人在认真听，我要是老师早就宣布下课了！"樱子撑着脑袋嘀咕着。

"十、九、八、七、六、五、四、三、二、一，下课万岁！"下课铃声一响，所有人都来了精神。可是口袋空空，月月超支，去哪里玩比较划算啊？樱子无奈极了。

"珉珉也不知道什么情况，说好了今天来接我，可是连个影都没有！"

"你的低咒不会上日子好过的，想去哪里玩儿啊？"角儿使劲一拍她的肩道。

"我就是没什么地方可去才烦啊，你去哪里？一起去行不行啊？"

"OK！我们走吧！"最后两人还是百无聊赖地进了网吧，没办法，实在没有其他便宜又好玩的地方可以去嘛！

"坏坏的臭男孩！不去找我，居然在上网？哼！"

"别叫，只是留言而已！"

角儿的话像一瓢冷水冲去了樱子的糊涂，仔细地看着珉珉的留言：

亲爱的樱子，你一定过得不错吧！我最近比较烦，更多的是无聊。你身边有很多追求者吧？因为你自己也明白，你的确很美，别再说那么虚伪的谦词了，会让人觉得你骄傲的！你为什么老不给我打电话？是没记住号码吗？139×××××××。要是舍不得话费可以拨通就挂断，我会秒回的，一定要打啊！

"废话连篇！"樱子习惯地嘀咕着，"天下竟然有这样的人，打电话又不好玩，再说人家又没有想你，干吗要打？本小姐是不会随便思念谁的！"

樱子哭丧的脸色还真出来了，难不成真想那个坏坏的臭男孩了？好像真的有点啊。翻出手机，念着屏幕上的号码，还是犹豫了，她还没有这么主动给谁打过电话！

"嘿！来多久了？"是坏坏的臭男孩发的。

樱花漫舞：刚来啊！（其实已经一个下午了）

坏坏的臭男孩：是吗？撒谎怎么这么没有水平啊？你知道吗？你真的很特别哦！

樱花漫舞：啊？不明白哦！

坏坏的臭男孩：我爸妈从没夸过任何一个去我家的女孩，却夸了你！我说你是不是用了什么勾魂之术啊？我不管怎样都看不出你有什么特别的地方啊，难道你故意深藏不露了？

樱花漫舞：什么意思啊？21世纪哪里有那样的法术啊！再说你父母夸我，你发什么言啊？该不会有很多女孩都去过你家吧？都是超级漂亮的MM（妹妹）吧！

坏坏的臭男孩：不是很多，就三四个吧！她们也只是我的朋友而已，还有跟你一个学院的，经常给我打电话，但我只把她们当妹妹而已。

樱花漫舞：我知道了！打住！我才不关心你究竟有几个好妹妹呢！

坏坏的臭男孩：她们和你一样漂亮！

樱花漫舞：别告诉我你身边那些漂亮妹妹的资料了，我才没有兴趣！

坏坏的臭男孩：那你对什么感兴趣？不会是有意中人了吧！谁？

樱花漫舞：我谢谢你啊！这么多问题要我先回答哪个？等你哪天查出这个单词的含义再来关心我吧！SHMILY。

坏坏的臭男孩：我查过了，好像不存在这个单词，你耍我的吧？什么意思啊？

　　樱花漫舞：说了你也不懂啊，还问什么啊！

　　坏坏的臭男孩：那就等你高兴的时候再告诉我吧！反正我爸妈都喜欢你，要不晚饭去我家吃吧？

　　樱花漫舞：怎么，你要做晚饭给我吃吗？

　　坏坏的臭男孩：我做？我可是等着吃你做的饭啊！

　　樱花漫舞：对不起，关于做饭，我是十窍通了九窍，还有一窍不通！

　　坏坏的臭男孩：我觉得你有必要去苦练一下啦！

　　樱花漫舞：不劳你费心。

　　坏坏的臭男孩：你过来找我，我这把要赢了！

　　樱花漫舞：了解！回见。

　　樱子下了线，心里像有只兔子在跳，怪怪的，竟然会在意一个网友，而且还是个摆明了女人缘超级好的家伙。可是她依旧去了珉珉所在的那家网吧。

　　"嘿！找到你了！"樱子笑盈盈地向珉珉打招呼，一切都很正常，心却有一丝不明的东西在动。

　　"你终于来了，被她们缠得受不了，你要是不来，还说不定玩到什么时候呢！又菜又爱玩。"

　　"不好意思，是不是扫你兴了？你们可以继续玩的，不用管我。看！有那么漂亮的学姐，是我也会舍不得走啊！"

　　"哪里，其实我早就不想玩了，我们走吧！"

两人走在大街上，彼此都显得心事重重，总是欲言又止，一个话题，谈不上两句，又断了。樱子看向珉珉，他好像是在等待她先开口。

"珉珉，你为什么不找女朋友啊？那么多 MM 追求你。要是有人追我啊，呵呵，我就来者不拒，有几个要几个！"

"是吗？别太贪了哦！我嘛，找不到自己心中的那个人啊！"

"哦？那你喜欢什么样的女生啊？"

"嗯，不太清楚，我就是有点庸俗：长得漂亮点、懂事点、头发长点、涵养高点、脾气好点。就这些了。"

"哦，原来你喜欢漂亮、懂事、长头发、有涵养又好脾气的美女啊！哎，难！当然啦，我这黄毛丫头就差得更远了！"

"不是啊！你这小丫头也蛮可爱的啊！"

"那你干吗不直接喜欢我啊？难不成还要本小姐来倒追你啊？"

"长本事了，都敢开我玩笑了啊，像你这么优秀的女孩哪里会看上我？我心里有数！"

"也是哦，像我这么专制的人，哪里可以容忍你整天上网跟 MM 打游戏啊，哼！"

两个人最终还是到了珉珉家，樱子也真的吃到了珉珉给她做的晚饭，很可口，但是想着也许已经有很多个 MM 吃过了，就感觉没那么香了。可转念一想，有个会做饭的哥哥，就算做他众多妹妹中的一个也无所谓。

　　珉珉有架很高档的钢琴，可是却叫他弹出了最低档的乐曲。怎么说呢，就是比樱子弹得还差。临走时，樱子在珉珉那里借了几本书：《机器猫》《脑筋急转弯》《佛经》。

　　"啊？不会吧？你怎么这么极端啊？"珉珉的嘴因为惊讶而张得很大。

　　"是吗？我有吗？"

　　"有！你有！《机器猫》《脑筋急转弯》是多么小儿科的书；《佛经》却大有看破红尘之意，你不会是一位童心未泯的得道高僧吧？哈哈！笑死我了！"

　　"我就这样，怎么了！"

　　"我终于到了！真是谢谢你了！记得星期六来拿书，别迟到啊！我的耐心一向不好！"

　　"OK！我不是故意笑话你的啊，谁叫你这么搞笑！"

　　"滚！"


# 四


　　樱子没事时是个游魂，在校园漫无目的地瞎转悠，一不小心就看见了昔日还赤裸的枝头上，长出了许多粉红色的花朵。一簇簇的，好不灿烂，便问同学那是何花。结果让她微略一惊，居然是晚樱花！

儿时耳畔总有关于樱花的传言，很小的时候，樱子便梦想着可以在正开得灿烂的樱花林中漫舞，这次终于得偿所愿了，也不管是不是会被嘲笑，就自顾自地跳起了不标准的小天鹅。

"啪、啪、啪——"

"谁在鼓掌？"樱子急急停了下来。

"你说会是谁啊？当然是你最忠实的'榜一大哥'了，我保证除了我之外，没有人会这么欣赏你的舞。因为你跳得太好了，一般人是不敢恭维的！"

"你能不能闭上你的臭嘴？我知道我跳得不怎么样。可是真有你说的那么差吗？"

"对不起，其实你跳得很好，我只是和你开玩笑嘛！不要拉长个脸，小气鬼！"

"不要再说了，我有自知之明的！拜托。"樱子心里一遍遍默念不生气，才好不容易让自己冷静下来。

"天哪，你这样子不会是想哭吧？千万不要啊！我错了！"

"放心吧，我这辈子都没有准备要哭。我们现在去哪里？"樱子没有哭，语调却冷得叫人发抖。

“先等我一刻钟，我接个电话。”

“嗯。”

樱子眼巴巴地看着他接电话，数着他到底用了几刻钟，好计算他那只要一刻钟的谎言的倍数。

“终于挂了，这个女孩儿真是烦死人了。”

“是吗？你们好像聊了三个一刻钟哦。”

“别生气，下午我带你去……”珉珉话没说完，电话又来了。这次挺快的，不过两分钟。

“是斌斌，我从小到大的好哥们。我刚说起他，他就打过来了。他就在 D 区的名青学院，今天要回来收拾些东西，走，我们去接他。”

“你确定你这车可以载三个人？”

“哦，不能。”

“那你自己去吧！省得你哥们说你重色轻友，而且这罪名还是莫须有的！”

“怎么又不高兴啦？好了好了，我们可以把车放下坐出租车去啊！真是笨得可以。”

和珉珉坐在出租车里，樱子却怎么都找不到话题。不经意间听到司机和珉珉聊天，想不到，他们居然还是熟人，感情这个城市就没有他不认识的人。

接到人的时候，樱子默默感叹了一下：想不到这个斌斌居然是这样漂亮的帅哥。既有男生该有的帅气，又带着些让樱子这样的女孩都自愧不如的美貌，却又不显得阴柔，当真不敢直视。

"你好，我是珉珉的兄弟，你可以叫我斌斌。你们是怎么认识的？'

"上网啊。"

"哦！"

许是碍于斌斌帅气得过分的外表，樱子居然成了聊天终结者。

回到山樱学院这边后，斌斌就和两人分道扬镳，回家去收拾东西了，临走还送给樱子很奇特的一笑和一句评语："你很特别。"

珉珉和樱子的气氛最近一直很奇怪，送走斌斌后，两人又进了网吧，却是各玩各的，只是偶尔给对方发一两句话。

坏坏的臭男孩：你有男朋友吗？

樱花漫舞：为什么要有男朋友啊？我一个人活得好好的，再说有了男朋友多麻烦啊！

坏坏的臭男孩：你喜欢什么样的男生？干脆点告诉我好了！

樱花漫舞：你这样的。（坏笑表情）

坏坏的臭男孩：啊？你别吓唬我啊！你再这样，我要吓哭了！

樱花漫舞：你想气死我啊？我早就说过了啊！查到

SHMILY 是什么意思了吗？

坏坏的臭男孩：没有啊！算了不说这个了。我听见斌斌说你很特别，我也觉得他很不错，你要不要他啊？

樱花漫舞：可恶！居然还打算把我推给斌斌，小心我真的跟人家跑了，不要你啊！

坏坏的臭男孩：不害羞，我有说过要你吗？哈哈，不知羞！

樱花漫舞：人家就是不知羞，你奈我何？你到底接受不接受啊？·

坏坏的臭男孩，要啊！漂亮妹子都不要，你要我一辈子光棍啊！

樱花漫舞：有人要来看你，怕不怕啊？

坏坏的臭男孩：你的追求者吗？叫他来啊，这么点自信我还是有的。

樱花漫舞：马上到，能帮个忙吗？对我好点，OK？

坏坏的臭男孩：天呐！你是拉我当垫背的……

这时斌斌加了樱子好友，上来第一句话就是：你和珉珉发展到哪一步了？

樱子只觉得脸上一热，不自觉地澄清道：你别乱说，我只是把他当哥哥。而且他有很多好妹妹，肯定也不会对我有什么想法的。

樱子刚回完信息，就发现珉珉不知道什么时候来到了身后，正盯着她的屏幕发愣。下意识就站起身来，想要遮挡住屏幕。

珉珉："你是不是跟别人说我坏话了？"

樱子："没有，你别瞎猜。"

珉珉："哦，那没事儿了，你先回去吧！我还想再玩一会儿。"

# 五

"该死的珉珉，居然敢将我一个人赶走，看我怎么收拾你！"从那晚樱子一个人回学校后，都不知道在心里将珉珉骂过多少遍了。难得今天上网，樱子决定好好修理修理他，先看留言：

樱子，对不起．我那晚真的不是想赶你走，其实看见你那默默离开的背影，我的心里像有人把血抽走了一样。我知道，你一直只当我是你哥哥，也许我不是一个称职的哥哥，但是我会尽力做到最好的，会一直照顾你。

樱子狂吐！那家伙说什么不好，就爱犯酸。但樱子还是回了留言：

珉哥，谢谢你肯接纳我这个讨厌的家伙做妹妹，老实说我的讨厌远不止这些哦，不过你已经没有反悔的机会了！呵呵，哥哥万岁！

坏坏的臭男孩：在哪里玩？

樱花漫舞：老地方，你要来找我啊？

坏坏的臭男孩：你等我，我来找你。

樱花漫舞：快点啊，我没有钱了。

樱子盯着门口，只等珉珉到来。

"嗨，等急了吗？"

"来了啊？等了几个世纪了，你从天上掉下来的吗？我怎么都没有看见啊？"

"不会吧？你一定近视严重了，要不要我给你一只眼睛啊？"

"要是要，就是你近视300，我视力1.5哦！"

"哈哈，走啦！"

"等等，去哪里啊？"

"当然是去我家，今天有聚会，有很多和你一样的小朋友，说不定你们会玩到一块儿去！"

"哎哟，这是要见到你的诸多好妹妹了啊！"

"坐稳，别闹！"

樱子和珉珉一路闹到家门口，仿佛之前那些奇奇怪怪、别别扭扭的小情绪从来就没有存在过。

两人到了珉珉家，却没有看到他的众多好妹妹，家里只有珉珉爸和一位中年男人在谈事情，樱子打声招呼就躲到琴房去了。

"珉珉，我帮你做饭！"

珉珉笑了，"你不会做饭，对吗？"

"我是不会啊，但是我更不想一个人在这里练什么琴啊！"

"哈哈，你在旁边看着吧！我给你露一手。"

"OK，我瞧着呢！"

樱子随手挑出一本漫画看起来，不小心便笑出了声，惹得珉珉使劲叫她傻丫头，这餐饭珉珉显得很潇洒，一道道菜式已经摆上了桌，看得出来比上次强很多。那天他似乎很拘谨，每一个步骤都询问樱子的意见，弄得她说了几十个随便。

"丫头，开饭了！"

"是！"樱子很聪明地摆好碗筷，像小主人似的招呼那位和珉珉爸谈生意的刘叔，又得了不少好评。饭后，樱子把茶递到他们面前时，他们的表情还明显愣了一下。有什么问题吗？珉珉没有说，但樱子总感觉他是知道的。

"现在怎么办？"

"你爱玩什么？会不会下象棋？"

"当然会，小心我杀你个片甲不留啊！"

"哈哈，那就来啊！我谁都怕就是不怕你！"

棋盘已经摆好，樱子才走几步，就已成败局。

"将军，哈哈。"

"我吃了你的车！"

"哈哈，都将军了，你还吃啊？想做饱死鬼吗？"

"我，不要炮了！哎……"

"再将！哈，没棋了！"

"哦，不玩了，输定了。你告诉我，刚才伯伯和叔叔为什么有那样的表情。"

"你自己要问的啊！听了不高兴不要怨我！因为一般来说只有儿媳妇才那样给长辈奉茶，啊哈哈哈！"

"无聊！从没听过！"

# 六

櫻花漫舞：在和哪个 MM 聊天啊？

坏坏的臭男孩：就两个，分别叫……

櫻花漫舞：叫什么？你倒是说啊！

坏坏的臭男孩：分别叫櫻子和櫻花漫舞。哈哈……

櫻花漫舞：可恶，你敢要我，小心我一脚踢你去外太空！

坏坏的臭男孩：不要啊，我好处多的是啊，你不是要找蝴蝶吗？告诉我干吗用，我就帮你啊。

　　樱花漫舞：很简单，我爱蝴蝶，更爱湛蓝的天，我想要那种像天空一样的蓝色蝴蝶。

　　坏坏的臭男孩：哪有那样的蝴蝶，真是个傻丫头，不过我会帮你找找看！

　　樱花漫舞：谢了，看在你一片苦心的分儿上，就邀请你去我的秘密基地看樱花吧！

　　坏坏的臭男孩：去哪里？日本？

　　樱花漫舞：不是，人家只是想回学校而已。

　　坏坏的臭男孩：怎么？学校还有樱花吗？为什么我不知道啊？

　　樱花漫舞：不要问，陪我去不就知道了吗？

　　坏坏的臭男孩：好呢！我马上来。

　　樱子和珉珉相继下了线。一路上，樱子依旧嘻嘻哈哈地和珉珉打闹。终于到了学校西南角的樱花小道，两人都陶醉了，天空那么湛蓝，樱花漫舞。

　　"樱子你真是幸运儿！为什么不叫樱花啊？美丽如你，漫舞轻盈，多美好啊！"

　　"呵呵。我谢谢你呀！你就叫明天诗人吧！"

　　"那当然了，就我这颗头，要什么有什么，灵着呢！才不像你！"

　　"给你点阳光就灿烂，给你簸箕你是不是会下蛋啊？"

"下蛋我不会，但是你给我三分颜色，我一定开染坊！"

"随便你开什么，珉珉，可以答应我一件事情吗？"

"你先说来听听，别叫我终生为奴就可以了。"

"明年樱花漫舞的时候，你还来陪我赏樱花好吗？"

"你没发烧吧？怎么突然这么严肃啊？樱子请相信我，只要我还活着，就一定会来陪你看樱花！"

珉珉怪腔怪调地说着。

"坏珉珉，你给我听好了，我要你永远陪我赏樱花！发誓，我没死，你不准死！"

"你怎么了？很认真呢！好，我发誓：永远，永远都陪樱子同学赏樱花！"

"Thank you！"

樱子安静地坐在珉珉身旁，很投入地享受着花香。

"哎哟，樱子你干吗拧我？"

"Sorry！我只是想看看你到底有多入神嘛！"

"哎呀！你看你都拧紫了，惨无人道！快说怎么办吧？你得赔偿我！"

"对不起，不会有下次！"樱子吐吐舌头。

"什么？就这样？看你那嬉皮笑脸的样子就知道多没诚意了！"

"别想得寸进尺啊！本小姐有那么容易道歉吗？知足吧你！"

"哎哟！疼死我了，惨无人道，惨绝人寰啊！"

"不要再大呼小叫啦！给我安静点啊！"

珉珉终于老实地闭上了嘴。天空仍在飞舞着花瓣，地上早已铺了厚厚一层。突然，樱子头上猛地下起了一阵花瓣雨。

"哈哈，这才叫樱花漫舞！"

"珉珉，你捣蛋鬼，看我不修理你！"

"哈哈，有本事咱们单挑啊！但是输了不准哭哦！"

山樱学院的林荫小道上，笑声频传，樱花漫舞！

"珉珉，你真好！谢谢你陪我玩了这么久。"

"哇！我吐血了，这话是你说的吗？犯什么酸啊？你没事吧，丫头！"珉珉装出一副哭腔。

"干吗，我是真心的啊！"

"好好的你突然一本正经地道谢就显得非常不正常。"

"哼！你想得也太多了吧？"

珉珉不说话，仔细地盯着樱子，直看得她心里发毛。

"你干什么啊？说话！"

"我在赏樱花，你的样子，就是最美的樱花！"

"无聊耶，讨厌鬼！"

"哈哈""呵呵"笑声灿烂，樱花漫舞。

# 七

　　樱子发现自己似乎越来越离不开珉珉了，但那个电话她
仍没打，还是去给他留言吧：

　　大哥，你好吗？不要笑我傻了，我有个很重要的问题问
你：我越来越 Like you（喜欢你）了，我要永远做你的傻妹
妹！很难得哦，被爱是幸福的吧？

　　噼里啪啦打一通后，樱子终于松了口气！真好，有大哥
做后盾。

　　坏坏的臭男孩：我来了，很想我吗？打那么多字，你练
字吗？

　　樱花漫舞：可恶，本小姐为你好，你还这么没有礼貌！

　　坏坏的臭男孩：嘿嘿！怎么搞的，大哥我的事还要你来
操心？不过，斌斌可是希望你帮他找个女朋友啊。

　　樱花漫舞：斌斌要我帮？可能吗？他们那里没有ＭＭ
吗？我不相信！

　　坏坏的臭男孩：真的，我身边那些女孩他都没有看上，

就是要你帮他找啊!

　　樱花漫舞:他搞什么?本小姐认识的人少,他不知道吗?
摆明了给我出难题嘛!

　　坏坏的臭男孩:冠斌那么帅,我看他八成想靠近你。

　　樱花漫舞:晕,那么帅的家伙,小女子不敢要啊!

　　坏坏的臭男孩:少美了你!告诉我你在哪里?

　　樱花漫舞:老地方。

　　坏坏的臭男孩:我来了。(头像立刻灰掉)

　　"嗨我来了。"

　　"该死,这么久才来!"

　　"啊?我已经尽力了,才两分三十一秒啊!"

　　"呵呵,走了。"

　　"ＯＫ。"

　　"现在我们去接斌斌吧!你能走到他那里去吗?"

　　"只要你可以,就没有我不行的!"

　　"你这丫头,就知道逞能,走啦!"

　　和珉珉走在郊区冷清的马路上,时近傍晚,不过还好,
身边尚有个大哥在。

　　"斌斌,等急没有?"

　　"哪里啊!珉珉,你怎么真叫小妹妹走了过来啊?"

　　"你说什么?谁是小妹妹?我倒觉得你叫我姐姐挺
好的。"

"想得美！我大你那么多，叫珉珉大哥，最起码也得叫我二哥，二哥不好听，就叫斌哥行了。"

"不干，谁像你那么厚脸皮，人家和你又不熟，凭什么叫你哥啊？"

"你才厚脸皮呢，既然不熟干吗来接我？"

"你不可理喻！人家珉珉就从不欺负我！"

"好了，麻烦两位别吵了！真是一对活宝！"

"谁跟他（她）一对？"这次是异口同声了。珉珉本该庆幸少了个斗嘴的人，可心里却像失去什么似的。一路上的夜景应该很美，但是樱子没有那个眼福了，她忙着和斌斌斗嘴。

"珉珉救我！斌斌要丢我进江里喂鱼啊！"

"珉珉，是她太过分了，居然敢抢我的日记。"

"不是我的错，是谁叫他学小姑娘写日记啊，人家只是好奇嘛！"

"我听明白了，樱子，拿了斌斌日记就应该还给人家。"

"我知道，我只是看看再还嘛！"

"珉珉你看她，太刁蛮了！"

"你才刁蛮呢！小气鬼，还你啊！"樱子委屈极了。

"不要生气了，樱子最乖，是斌斌小气，你可千万别哭啊！"

"你别哭啊，我不是不给你看，只是现在还不可以嘛！

对不起啦，到时间你爱怎么看就怎么看！"

"樱子你不是刁蛮的丫头，你是很可爱、很纯真，也很漂亮的，大哥以前没有说你好话，是我不对，再说斌斌也没有说什么啊！"樱子这才发现自己有多小题大做了，看见斌斌被吓得愣在那里，樱子也傻了。

"对不起，对不起，哥哥，我没哭，我现在就给斌斌道歉。"

"我不用你道歉！是我对不起珉珉！"

"不要这样，以后对她好点就可以了！"

"嗯，我保证！"斌斌走到樱子面前，小心地看着她脸上的变化。

"看什么啊？走吧，浪费时间！"

"哦。"斌斌终于可以松口气了。

# 八

坏坏的臭男孩：丫头快出来，今天我们带你去个好玩的地方。

樱花漫舞：斌筵也去吗？去哪里哦？

坏坏的臭男孩：去了就知道了。

樱花漫舞：快叫斌斌出来接我，不然我不去了！

坏坏的臭男孩：不是吧？不是吧？非得有斌斌才会去呀？你不会已经离不开他了吧？哈哈，有人要坠入爱河了！

樱花漫舞：呸呸，我讨厌他还来不及呢！哪里来的喜欢啊？开玩笑！

坏坏的臭男孩：哈哈，随便说说，别紧张嘛！完成你的心愿，他来了，别欺负他啊！

樱子还来不及回复，斌斌就已经出现在她身后。

"啊！你个臭斌斌，想吓死我啊，来了也不吭一声！"

"我吭声还能知道你在背后这么说我啊？"斌斌故意哭丧着脸，随即又道，"带你去个刺激的地方，敢去吗？"

"不敢去，我就不是天才少女樱子了！"

"哈哈，你说的啊，走吧！"

珉珉已经在路口等着他们了。没有骑车，只是笑看两人斗嘴。

"斌斌，你看你怎么老和我作对啊？就不能学着点珉珉吗？"

"珉珉也就比我好一点啊。说实话，我们哥儿俩都是绝世好男人，至于为什么和你处不好，那肯定是你有问题啦！"

"斌斌别这样说，小妹是用来爱护的！"

"就是嘛！学着点。"

"珉珉你重色轻友，没义气！"说完就扭头走了。

樱子追了过去，两人依旧吵得不亦乐乎。珉珉一直不紧不慢地跟着，脸上漾着微笑，谁也没有发现那笑意不达眼底，如森林里的薄烟，风一吹就散了。

"暂停！"斌斌一个"急刹车"，樱子"啪"就撞了上去。

"到了？这是什么地方？音乐还蛮好听的，很激扬哦！"

"旱冰场，换上溜冰鞋就可以进去了。"

"旱冰场？"

"你会吗？珉珉，你别帮她！"

"哼！本小姐冰雪聪明，怎么不会这个？珉珉你不用管我！"

"放心好了，我绝对会坚持袖手旁观的。"

"哈哈，樱子小姐，是不是连鞋都不会穿啊？"

"啊！臭斌斌你回来！珉珉你不会不帮我的，对吗？"

"珉珉，别当重色轻友的家伙！无论如何我一定要她求我！"

"呵呵！我就不求你！"樱子勉强穿上鞋站起来，随即就传来一声惨叫，"啊！痛死我了！"

"樱子你没事吧？斌斌，你怎么可以真的不管，鞋子穿不好很容易出事的！"

"你别管！我自己来，我就不信，他可以我就不可以，这鞋为什么不听话？啊！好痛！"

"樱子别逞能了，我的技术也不好，还是让斌斌来教你吧！"

"哼！不用，我自己来！"樱子忍住剧痛站了起来，丝毫没有屈服的意思。

"把手给我！我教你！"

"猫哭耗子假慈悲！我摔死也不要你教！"

斌斌不再发话，一把抓住樱子的手，开始带她走路，讲课似的传授技术。

"你放手，女生的手是随便可以拉的吗？放开我！"

"别乱动，摔死别连累我！"

"啊！"又是一声惨叫。这一次樱子摔得膝盖都流血了，她强忍着剧痛和眼泪，幽怨地看着斌斌。在他不知所措的时候，珉珉终于过来了！

"珉珉！"樱子的眼泪一下子回去了。

"对不起，我来帮你，我保证再不让你摔跤了。"

"嗯！"樱子信任地向珉珉点点头，泪水早没了踪迹。他们小心翼翼地向前滑，他让她感到安全，她相信自己不会再受伤。直到珉珉累得满头大汗，斌斌才凑过来。

"怎么样？重色轻友的家伙！"

"你胡说什么啊？我只是不希望你把她摔得遍体鳞伤罢了！"

# 九

坏坏的臭男孩：樱子，哥今天带你去看喷泉、逛夜市。如何？

樱花漫舞：好呀！有你这位好大哥，我樱子三生有幸啊！

坏坏的臭男孩：斌斌也去啊，我还带了两个小妹妹，你不介意吧？

樱花漫舞：可以啊！一带就两个，是不是和斌斌一人一个啊？这么拽，像个老大，加油啊！

坏坏的臭男孩：哦！我得提醒你，她们可都是很淑女的，一会儿你最好乖点。明白了吗？

樱花漫舞：明白！不就是装病猫吗？谁不会啊！不过你得说清楚是不是你和斌斌未来的女朋友呀！

坏坏的臭男孩：你干吗？查户口啊？小丫头别瞎打听。

樱花漫舞：切！不说就不说嘛，看把你紧张成什么样了。

坏坏的臭男孩：真没什么好说的。

樱花漫舞：带上你的小 MM，咱们马上出发！

坏坏的臭男孩：OK，一会儿见！（头像立刻灰掉）

"有美女陪就是不一样啊！"樱子傻笑着，天知道这个珉珉找了什么新花招来整她，以前她从不害怕，怎么今天她有点心慌呢？

"到底他会带来两个什么样的 MM 呢？"樱子不禁心头一凉。或许像以前一样，一个樱子——樱花漫舞，还有个叫丫头。

"丫头快过来叫姐姐啊！"珉珉来了，身边果真有两个美女，近旁的一个，正挽着他的胳膊。

"珉哥，姐姐真漂亮。"樱子乖巧地打招呼，却是斌斌答的话。

"怎么了？你吃醋了？那就跟我凑合一下好了，哥们一场，牺牲一下也无所谓。"

"斌斌，我嫁不出去也不会要你的，我干吗要吃醋，人家是我哥，有女朋友就是我嫂，我吃个鬼的醋！"

"哈哈，笨丫头！"斌斌笑得更欢了，珉珉忙着照顾美女，连看一眼樱子的时间都没有。

"喂！你看人家哪有工夫管你……"斌斌就在樱子耳朵边叽哩呱啦地吵，而樱子呢？当然是视而不见、充耳不闻了。

"斌斌，你是只乌鸦吗？聒噪得很！还好意思破坏珉珉的姻缘，不服气就去把他的美女抢过来啊！"

"樱子，你是傻吗？为什么要我去跟珉珉抢？是不是受的打击太大了？"

"闭上你的乌鸦嘴，你才受打击了。都是哥们，现在看见他觅得自己的佳人，我们难道不应该替他高兴吗？"

"哦！Sorry 啊！我可没功夫替他高兴，我自己还没搞定呢！"

"呵呵，这么想脱单？不如我们去丢个硬币许愿吧！"

"好啊，我希望我们永远是朋友，永远在一起，老大永远幸福。"

"我希望天天都和樱子快乐地在一起！"

"啊？也行，你如果不嫌我烦的话，我不介意。"

"愿也许了，想去看樱花吗？"

"还没凋谢吗？这附近有吗？"

"跟我走吧！"斌斌拉着樱子就往灯火深处跑去。

"哇！好美啊！谢谢你斌斌！"

"不用这么激动，喜欢就好，只要你喜欢，我以后还陪你看。"

"呵呵，斌斌真好！"樱子激动地拥抱了斌斌一下。淡淡的少女香萦绕心口，叫斌斌好不陶醉。

# 十

　　最近珉珉杳无消息，于是樱子打定主意要斌斌陪她玩。

　　"樱子，发什么愣啊？ 是不是知道我会来，在此等候啊？原来我们已经这么心有灵犀了吗？"

　　"我说斌斌，你是不是有幻想症啊？小心把我惹急了，我就真不理你了！"

　　"I'm so sorry，但是，可是，难道，你就真没想过我？"

　　"当然不想你啦！要想也要想珉珉！怎么会想你！"

　　"可惜人家根本不理你。"

　　"呵呵，你为什么老是说他坏话啊？在我心中，他的形象可比你要好多了。"

　　"珉珉在你心里能有多好？从实招来！"

　　"我只是想说他居然让我认识了你！怎么样？感动吗？"

　　"嗯，感到眼泪都要流出来了！我还以为你暗恋他呢！看你那望眼欲穿的表情，要我不怀疑都难！还好你不喜欢他！"

"错！我非常喜欢他，而且还非常不喜欢你！"

"啊？不会吧？"

"呵呵，有几个小妹不喜欢大哥的？要是不喜欢他，我会管他叫哥哥吗？"

"那倒是！嗯？那我也是你哥哥，为什么就非常不喜欢我啊？你不拿我当朋友？为什么？"

"叫什么叫，你声音大了不起啊？"樱子拉过斌斌的手，在他手心写了几个字符："SHMILY"。然后问："认识吗？"

斌斌把头摇得跟拨浪鼓似的。

"不认识就对了，慢慢去查吧！等哪天明白了，再来找我！不过，告诉你也无妨！这就是代表，我讨厌你。谁叫你老和我斗嘴，谁叫你不对我好点，谁叫你老说我很差劲，谁叫你……反正讨厌你就是了！"樱子坏坏地笑着，正等待斌斌机枪似的回话，谁知……

"我那么可恶吗？我承认我是不如珉珉待你温柔，我更清楚他在你心里的地位。我一再地和你闹，不过是想引起你的注意！我到底哪里不如珉珉？为什么你老向着他？我只是希望你可以看见我，很过分吗？"

天！斌斌这是怎么了？为什么这么激动啊？樱子着急了。

"对不起啊！我不是讨厌你，那也不是我讨厌你的意思，就是个无聊的字符嘛！珉珉身边 MM 无数，他又怎么会注意到我？我也知道你很好，我也很喜欢和你在一起的！"

"你这么说，是不是代表 You love me（你爱我）？"

"开什么玩笑！我才不会轻易地爱上一个人呢！再说了，我还不明白什么是爱呢！"

"天，爱就是心里有一种莫名其妙的依恋，喜欢和他在一起，看不见他就会想他。"

"哦！让我想想，应该没有吧！而且，你也不喜欢我吧？谁会喜欢一个让自己讨厌的人？"

"你还认为我讨厌你？我说了这么多，全是为了证明我喜欢你！不，是爱你！我爱你，明白吗？"

"我不明白！不过你可以慢慢证明！"

"你的意思是，我可以正式追你了？"

"我想，可以考虑一下。"

"耶！万岁！不可以反悔啦！哈哈哈！"

"啊！放我下来，不要转了，我还没有答应你呀！"

# 十一

坏坏的臭男孩：听说你和斌斌恋爱了！恭喜恭喜啊！

樱花漫舞：还没，有什么好恭喜的啊！你和那个秦姚呢？

坏坏的臭男孩：散了，她不是我的"那杯茶"。

樱花漫舞：你怎么这样啊？

坏坏的臭男孩：我就这样，你奈我何？

樱花漫舞：你想气死我吗？小心我和你绝交。

坏坏的臭男孩：求求你别了，我现在很烦，先告诉我你会做斌斌的女朋友吗？

樱花漫舞：那难说，现在我只当他是哥们，也有可能会，因为他真的很不错，就差一点感觉了。

坏坏的臭男孩：别说了，我懂了，你想说你还不确定你爱不爱他是吧？

樱花漫舞：老大，我要说我有点喜欢你，你信不信？

坏坏的臭男孩：你什么意思？你说你喜欢我？什么时候的事情？

樱花漫舞：不是喜欢，只能说是在秦姚出现的时候，发现自己其实很在意你吧！但是也算是被她救了哦！不然现在被散的可就是我了！

樱子很久没有得到回音，过了好一会儿，才看见珉珉发来信息。

坏坏的臭男孩：我错了！错得离谱！

樱花漫舞：珉珉，你怎么了？哪里错了？

坏坏的臭男孩：我给你讲个故事吧！有位少年遇到了一

个可爱的小公主，她很漂亮也很善良，他不由自主地爱上了她。而就在他希望她也爱他的时候，他的好朋友出现了，那个朋友也爱上了她，而且他还希望少年帮他追求她。少年想，也许只有王子才配得上公主，与其自取其辱，不如成全朋友，就这样，他把公主拱手让人了。他本可以走得潇洒，谁知道就是他自己剿灭了公主爱他的小火苗。

樱花漫舞：那么结果呢？公主以为他不爱她，所以才离开，现在她知道了，结局会怎么样？

坏坏的臭男孩：这个结局应该由公主来写，不是吗？

樱花漫舞：可是公主把他们都当成最好的伙伴，她不希望有谁离开，她更喜欢现在的状态。

坏坏的臭男孩：那这就是结局了。

珉珉的头像灰掉了，樱子快要抓狂了，都什么跟什么嘛！烦死了！

"樱子，我们一起去看樱花吧！"斌斌突然轻松地说道。

"斌斌，我真的好喜欢有你们这样的伙伴，我真的不希望你们任何人受伤，更不希望破坏你们多年的感情。你……"

"我知道你的意思，我不会这么快就跟你要答案的，走吧！现在我们依旧是哥们。我知道老大在哪里！我带你去找他！"斌斌说完便拉着樱子直奔学校的樱花林。

"珉珉！"樱子欢呼着奔过去，珉珉高兴地迎上来，热情地拥抱住樱子。

"樱子，不行，我也要抱抱，你欠我一个拥抱！不准偏心，不准赖账！"

风轻轻托走了云。阳光灿烂，樱花漫舞。

——第二篇章——

# 天涯海角

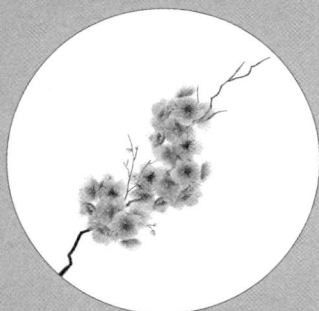

一

　　樱花漫舞：斌斌，你傻了吗？没傻就给我把比分追回来。

　　冷冷冰冰：丫头，你自己老叫庄，输了才来求我，傻丫头，不会斗地主就别逞能嘛！

　　樱花漫舞：珉哥，斌斌欺负我！快帮我把比分追回来，好吗？好哥哥！

　　坏坏的臭男孩：我尽量啊，你都输成这样了！

　　樱花漫舞：这又不怪我呀，谁知道这年头玩纸牌游戏的都是些老奸巨猾的家伙啊！

　　"好哥哥，怎么样了？赢了多少啊？"

　　"第一句话就叫人头疼，樱子啊！是不是把我当神了？这才一会儿能赢多少？"

　　"哈哈，樱子小姐，你也有挨批的时间啊？"

　　"我决定了，你要是再闹下去，我们就找个地方把你这丫头给丢了，省事，斌斌不会有什么意见吧！"

　　"OK！完全没有意见，小心了，樱子小姐。"

樱子赶走了斌斌和珉珉，气得头顶冒烟！

晚上樱子没事，就和角儿溜冰去啦！

"樱子，有帅哥在看你！"

"哪里啊？角儿姐姐别欺负我！我……我会摔跤的！"

"啊！"话没说完，已经向前跌了过去，径直撞向了一个帅哥，天！好熟悉的一张脸！樱子看着他，走了神。

"对不起，是我挡到你了吗？"

"哦，不是你的问题。"

"那太好了，你溜冰不怎么样吧？我也是第一次来这里的。"

"是吗？胆子很大嘛！有胆和我一起溜吗？"樱子挑战似的问，等待这个帅哥的反应。

"可以吗？谢谢了！"

两人就这样携手并进了，樱子寻思着记忆里的那张脸怎么会长在这样一个人身上。

"能够告诉我你的名字吗？"

"樱子，山樱学院，女，19岁，爱好看书、吃饭、玩耍！"

"你真有意思，我问你一个问题，你一下子说这么多，搞得跟查户口似的。那我也说了，天涯，男，19，爱好广泛，山樱生物学院！"

樱子回以傻笑，以示收到。

"你有联系方式吗？"

"QQ：465837805，樱花漫舞！"

"我的网名是天涯 or boy，号……"

"不用了，我记不住的，乐意可以加我，OK？"

"好的。"

樱子就一直同这个天涯溜着。虽然好几次樱子都不想继续了，却碍于记忆里的那张脸，始终赔着笑脸。最后他的聊天列表里就多了一个人。

樱花漫舞：呵，珉哥来得很早啊，是不是昨晚通宵了？

坏坏的臭男孩：你也来得很早啊，是不是也通宵了？

樱花漫舞：我可不像你，要是通宵上网，肯定会被老师抓住的。

坏坏的臭男孩：女孩子家是要少上网，网上坏人多得很！

樱花漫舞：呵呵，多谢你提醒了。斌斌最近在忙什么？都不怎么理我。

坏坏的臭男孩：就知道惦记他！别忘了我们也是哥们！

樱花漫舞：OK．我明白的。

这时，又有消息弹出。

天涯 or boy：你好，还记得我吗？

樱花漫舞：记得，我们以前好像聊过。

天涯 or boy：什么？不会这么快就忘了吧？可以看看你吗？（发视频）

天涯 or boy：有没有想起我来？

櫻花漫舞：现在想起来了，干什么？

天涯 or boy：等我一下，我过来找你。

櫻花漫舞：看资料你不是本地人，怎么来找我啊？你会飞？

天涯 or boy：他已经过去了，我是他哥们，海风，加你不要拒绝啊！

櫻花漫舞：随便，别用他的 QQ 了。

正欲下线，身后突然冒出个人来。不是天涯还能是谁。

"你就是天涯吧！ Sorry，俺年纪大了，记性时好时坏的。"

"没关系的，是我有点冒昧。请原谅。"

"不算非常冒昧。"樱子有些无语，那张熟悉的脸怎么会长在他身上？就在樱子无可奈何之际，他又开口了。

"请问可以一起去走走吗？"

"我们吗？有什么不可以的！我去给同伴打声招呼。"于是樱子转身给角儿说了"拜拜"。

一直跟着天涯走进他们的学院，又走上后山。一路上樱子简直无聊透顶了，她实在想不出自己为什么跟他走，或许还是为了那张脸吧！

"樱子小心啊！"天涯快速拉住差点跌倒的樱子。

"天涯是吧？不用担心我，管好你自己吧！本小姐一向习惯了翻山越岭。看你细皮嫩肉的，不是很擅长走小路吧？"

"有点，不好意思，能说说你比较喜欢哪种男生吗？"

"怎么突然问这个？我喜欢当代金城武、郭大侠！"

"哈哈，你电视看多了。"

"没开玩笑，我是很认真的。听歌吗？"

为避免继续"尬聊"，樱子干脆分给他一只耳机。

"喂，现在是平路了，你可以把我的手放开了吧！"樱子看了看牵了一路的手，无可奈何地说。

"哦，那边有块草坪，我们去歇会儿吧！"

"我没意见。"

"我可以坐你旁边吗？"

"愿意坐就坐吧！"

"你为什么突然找我出来玩啊？"樱子随便找个话题，想缓解气氛。

"说话，傻了吗？"他居然半天不回答，樱子又追问了一句。

"我，我也不知道。"他居然还结巴。

"很难回答吗？那就算了。"

"等等，你……可以……做……我的……女朋友吗？"他嘴角微动，声音很小，说出来的却是吓人的话！樱子的大脑一下子失去了思考能力。

"果然不是普通大学生啊！这才认识多久，就敢说这话！"樱子在心里嘀咕，一抬头，却看见了那张与记忆里一样的期待的脸！

“我想，应该是可以的吧！”

“你答应了？以前没有人这样问过你吗？你也这么果断？”

“你觉得这叫果断？还是觉得我太随便了？我可以告诉你，本小姐 Say No（说不）从来不用一秒钟！”

“不是，我就是太激动了！有些不敢相信。”

“那你别信，可以吗？”

“不行！说话不能不算数！”

## 二

冷冷冰冰：樱子还记得答应过我什么事吗？我可是你预备的 BF（Boy friend 的缩写，男朋友、男友）人选哦！对我你要温柔点！明白吗？

樱花漫舞：呵呵，是吗？不好意思我现在已经找到 BF 了！

冷冷冰冰：啊？！你骗我？

坏坏的臭男孩：才一天没见你啊！这也太快了吧？

樱花漫舞：速度第一嘛！呵呵！

坏坏的臭男孩：丫头啊，你快告诉我是谁，我要去教训教训他！

　　樱花漫舞：你确定吗？人家可未必会输给你哦！

　　坏坏的臭男孩：我可怜的丫头啊！你怎么可以这样啊，没天良啊！

　　樱花漫舞：过分吗？我还以为你是舍不得我呢！我不理你了。

　　樱子刚下线，斌斌就找了过来。

　　"天哪！惨无人道，惨绝人寰啊！"

　　"不要一见面就哭个没完好不好！"

　　"那你就告诉我这不是真的。"

　　"很遗憾，这的确是真的，你知道我一向不喜欢开玩笑的。"

　　"那好！你走吧，去你 BF 那里！"说完就气呼呼地走了。

　　斌斌前脚离开，樱子后脚就找上室友角儿。

　　"角儿姐姐，有个男生看上你了。"

　　"是吗？快告诉我是谁？"

　　"喂，你能不能别这么急啊？他还没明说呢！但他每次一见到我就打听你，还夸你很有个性。"

　　"是吗？是谁？快说！"

　　"记得那晚和我一块儿溜冰的人吗？和他一起的那个男生，比他还帅的那位。"

　　"我想起来了！那样子确实还可以，叫什么名字？"

"美得你！人家还没表态呢！好像叫海风。"

自从知道樱子恋爱后，斌斌就消失了，倒是珉珉时不时陪她聊聊天。

樱花漫舞：哥哥啊！你怎么一点也不在意我了？

坏坏的臭男孩：你怎么可以这样说？我只是不想打扰你和你男朋友的生活，我的关心难道你真的就一点也感受不到吗？

樱花漫舞：我不要这样的关心，我要我的哥们、我的朋友！大不了，我不理他了。

坏坏的臭男孩：做人都必须经历这样的感情抉择，不是你说不理就可以不理的，你要明白感情是需要呵护和珍惜的！

樱花漫舞：我只知道现在连斌斌都不理我了，我感觉自己就像个垃圾，被别人丢开了。

坏坏的臭男孩；你怎么能这样想？斌斌最近在忙着考级，不是不理你。不要这么激动，外面天气那么好，去好好享受一下如何？

樱花漫舞：我讨厌阳光，它会晒黑我！

坏男孩：你呀！有句话说得好，我们都要向阳而生！

樱花漫舞：有哪条法律规定，我一定要向阳而生？我还听说大树底下好乘凉呢！

# 三

　　樱子掐指算算，从那天和天涯一别，也差不多一个星期了，心底又想起了记忆里的那张脸。还好，他有留言：

　　樱子，我想你了，你是我第一个女朋友，也是唯一一个拉过我手的女孩，也许你不相信，但真的是这样！

　　"呸，才不相信你的鬼话！"樱子懒得看了。

　　天涯 or boy：你来了，在哪里？看到我的留言了吗？

　　樱花漫舞：看到了，在学校，你呢？来多久了？

　　天涯 or boy：刚来一会儿，本来想来给你留言，哪知你居然在线，老天待我不薄啊！给我看看是不是又变漂亮了！（发视频）

　　樱花漫舞：哪那么容易变美？又不是妖怪！

　　天涯 or boy：你在我心里永远是最美的，真的！

　　樱花漫舞：去，可不可以不要酸了？我在学校对面的网咖。

　　天涯 or boy：干吗不早说？我来了。（头像立刻灰掉）

"嗨！我来了，在玩游戏吗？"

"是啊，想玩赛车，但是技术不好，你自己拿椅子坐吧！"

"不拿行不行？一起坐。"

"没可能，叫你去，你就去吧！"

"真霸道。"

"现在才知道，不过为时不晚，你想走还来得及。"

"算了，我相信你会变成淑女的！"

两人一起玩赛车，配合倒挺默契的。

"哎呀，怎么又输了？怪你，你的心都跑到哪里去了？我放了特技你也不加速？干吗用这样的眼神看着我？我脸上有东西啊？"樱子连珠炮似的说。

"你脸上没东西，就是特别好看，我忍不住多看一下，不行吗？"

"随便你。"

"不玩了好吗？今天我们班的同学聚会，你也去好吗？"

"我都可以啊。"

两人来到生物学院，进了他的教室，一群人不约而同地看着樱子，多少叫她有些不自在。

"呵呵，天涯，不错嘛！动作这么快！才貌双全啊！"

"海风，你别笑我行不行？"

气氛倒也融洽。

"天黑了，我们出去走走吧！"樱子打了个哈欠，期待天涯的回答。

"无聊了吗？那我们就出去走走吧！"

"我喜欢这样繁星点点的夜晚，因为有人对我说过夜里的星星是上帝为我们准备的路灯。"

"哈哈，你就是再喜欢诗一样的夜晚，也不要忘了画一样的白天啊！"

"我老实告诉你吧！我非常讨厌阳光！因为我紫外线过敏，被太阳一晒就像是煮熟的大虾一样！"

"你的体质可真特别，居然有人对阳光过敏。"

"很奇怪吗？很难接受吗？"

"那倒不是，只是有点惊讶，你就原谅我的无知啦！"

"这还差不多！"

两人漫步在大街上，直到感觉有些累了，才开始商量找个地方休息。

"要不还是去上网？把上次没有打赢的比赛赢回来！"

"不要，我想去旱冰场找角儿姐姐，然后回学校。"

"就依你了，走吧！"

旱冰场门口，角儿笑盈盈地走过来。

"死丫头才来啊！也不介绍一下啊？"

"天涯，角儿。"

"你好天涯，那些是你的同学吗？"

顺着角儿的视线看去，才发现天涯的同学不知道什么时候也到了旱冰场，这会儿正好看着他们。

"是的，那是海风、新宇、阿峰、阿山、仔仔……"

"嗨！见到各位很高兴。"角儿的视线随即瞄准了海风，对他很是温柔地笑了一下。

"你好，海风，我叫角儿，可以一起滑吗？"

"当然没问题了。"

"樱子，我们也去溜一会儿吧！"天涯提议道。

樱子随即点点头。天涯溜得并不好，却嘴硬得很，樱子时时护着他，还时时被他打击，很快就出了一身汗。

"天涯，你累吗？回去吧！我好累啊！"

"也有点，走吧！"

"我去叫角儿。角儿姐姐，我们该回去了！"

"丫头，你先走吧！我和海风再玩一会儿。"

"哎，我们的角儿就这样，穿上旱冰鞋就脱不了了。"

"是吗？要不你带我去你们学院走走？"

"整个学校你还没有逛够啊！不都一样吗？"

"怎么能一样，那是你上课的地方。"

"真受不了你，走吧！"樱子率先走开。

"到了，那就是了，进去吧！"

"果然是百闻不如一见，难怪能教出你这样秀外慧中的女孩子。"

"喂，能不能不要总是这样说话啊？听多了容易引起肠胃不适的。"

"我是真心的，你干吗老是咒自己啊？"

"我才没有咒自己，我到宿舍门口了，要回去睡觉了，拜拜！"

"啊？不去找你那个角儿姐姐吗？"

"呵呵，我们姐妹一家人，不用担心，她自己会回来的。"

"好吧！明天去旱冰场，9 点可以吗？"

"可以，那会儿差不多应该起床了吧！晚安，拜拜！"樱子飞奔回宿舍。不久角儿也回来了，看她那样子，今晚过得还不错。

"姐姐，海风怎么样啊？"

"我们这才算正式认识，你居然敢骗我说他对我一见钟情！"

"对不起，我错了！你们不是相处得挺好吗？"

"死丫头。"角儿轻骂一句转身去洗漱。等她一回来，樱子又八卦起来。

"怎么样，怎么样？你们都聊了些什么？"

"什么也没有……"

"你心虚了！哈哈！"

"我心虚什么呀？他若对我有意，我不会拒绝的，但如果没有那就算了！"

"是吗？我挠你痒！看你招不招！"

“其实，我也蛮喜欢海风的，但他和我接触太少了，你愿不愿帮我？你就在和天涯出去的时候叫上我，顺便喊上他，反正他们是哥们儿，我们是姐们儿，名正言顺嘛！”

# 四

星期天一大早起来，樱子便匆匆忙忙赶往旱冰场，找了半天，没找到人，电话也打不通。樱子急了，生怕天涯会因此而生她的气，毕竟已经 10 点多了，她确实睡过头了。

“樱子，别这样垂头丧气的啊，走，老姐我陪你去找他，顺便把海风也叫过来。”

角儿拉着樱子就去生物学院找人。

“怎么也不见人，回去吧！等哪天见着了他们，再跟他们算账！”

两人就自行玩耍去了，等到晚上返校时，刚到门口就看见两个家伙垂头丧气地从里面走出来。

“天涯，海风！”角儿尖叫起来，樱子保持着沉默。

“哟！我当是谁呢！见你们一面可真不容易啊！”

“别说了，我们今天被抓去当壮丁了，现在浑身都疼啊！"海风率先开口。

"好吧，勉强原谅你们了。跟我走，把这片天空留给樱子和天涯！"

海风和角儿走到了一旁，天涯拉着樱子来到另一边的小凳子上，樱子正要坐下，却叫天涯抢了先。

"我抱你吧！"

"你不是很累吗？我可不轻哦。"

"轻重又如何，反正我都喜欢，OK？"

樱子乖乖地坐到天涯腿上，靠着他的肩。

"天涯，你是觉得我蛮讨厌的吗？"

"傻丫头，你在我心中是最美的天使，但你其实是蛮讨厌的。"

"呵呵，既然如此你干吗还理我？那你不是很笨吗？"

"没关系，既然我笨，你不还是在理我。"

"天哪，原来笨也会传染啊！我一定是被你传染了！"

"哈哈！"天涯傻笑，手臂轻轻加了力，一个吻猝不及防地落在了樱子额头。她心跳加速，脸上顿时火辣辣的！一不小心，让他发现了她的惊恐。

"你不愿意吗？"

"不是，我，我不知道，你……"樱子一时结巴得不知道该如何言语。

"我什么？你不喜欢我吗？为什么我总感觉你对我若即

若离的？"

"那现在还有那样的感觉没？"樱子鼓起勇气也在天涯的脸上轻啄了一下。他笑得很满足，樱子赶紧转移话题。

"你看角儿他们聊得不错嘛！你可不可以帮忙撮合一下，让他们走到一起啊？"

"你傻呀！这种事旁人怎么帮啊？海风比较喜欢温柔的淑女，你看角儿……"

"她说她可以改，我只是想让角儿高兴而已，她对我真的很好的。"

"怕你了，我尽力。"

天色渐晚，角儿回来找樱子。

"樱子，不早了，我们再不回去，就得露宿街头了。"

"哦，那我们回去啦，拜拜。"

四人在夜色朦胧中分别，角儿开开心心地和樱子回宿舍。

"姐姐，怎么样了？他对你有没有感觉？"

"哪有那么快啊？海风和我还只是普通朋友而已。"

"那这也是进步啊！有些男生羞于表达也正常啊！"

"我感觉自己是真的很喜欢他，这种感觉是前所未有的！你会帮我吗？"

"当然了！"

"哈哈，全靠你了！晚安。"

# 五

　　樱花漫舞：珉哥，你到哪儿去哪？小妹找得你好辛苦啊！

　　坏坏的臭男孩：你又怎么啦？是不是天涯欺负你了？乖啊，别怕，有我们。

　　樱花漫舞：他欺负我？他有那本事吗？是另有其人啊！

　　坏坏的臭男孩：是谁？快说！我帮你收拾他！

　　樱花漫舞：当然是斌斌哪！他都好久好久不理我了……

　　坏坏的臭男孩：没事，我这就让他去找你！

　　樱花漫舞：真的吗？那我等着哦！

　　坏坏的臭男孩头像灰掉，很快斌斌和珉珉出现在樱子面前。

　　"樱子，听说你找我？现在我来了，有什么事就快说吧！"

　　"呵呵，我要见你一面还得要有事情才行吗？哼！"

　　"你这丫头！说吧，约我们有何贵干？"

　　"没事啊，就是想你们嘛！这也有错吗？你们心里到底有没有我这个哥们啊？"

斌斌还想怼几句，珉珉先接过了话茬儿。

"丫头，吃饭没有？"

"不想吃饭，想让你们带我去玩。要不，就去江边捡贝壳。怎么样？"

"不行，必须先吃饭！"

"好吧！"

餐桌上，樱子只是匆匆扒拉几口就嚷嚷着要走。

"饱了，你们快点。"

"什么？就吃这么点？再吃一碗，否则不去玩！"

"斌斌，我就是再对不起你，也别这样嘛！"

"这是命令！快吃吧！"

珉珉声音不大，却不容拒绝，樱子只好再端起碗来。

斌斌今天难得和珉珉一样骑着机车。

"上哪辆车，自己挑。"

"当然是珉珉的车了！"

"那我先走了，二位别太慢！"

"珉珉，咱们快追，别掉在他后面了，快点！加速啊！"

"别催了！"

樱子还真乖乖地在珉珉身后一言不发了。

到了江边，追逐中，樱子一不小心摔在了沙滩上。

"老天！樱子，你摔痛了吗？"珉珉、斌斌以百米冲刺的速度冲到樱子身边。

"呜呜，不要紧，呜呜！"樱子一边捂着脸假哭，一边偷笑，直把俩人急得抓耳挠腮才罢手。

"不要紧，我们去捡贝壳吧。"

"真的不要紧？"异口同声。

"真的没有事，我骗你们的！"

"臭丫头，咱们七赛看谁捡得多啊！"

很快小篮子就满了。

"够了，已经没有地方装了，去玩点别的吧！"

"玩什么？"樱子和斌斌难得的一次异口同声。

"那边有小船，想去划吗？"

"他／她敢我就敢！"再一次异口同声。

"那走吧！我先申明，我不会游泳，如果谁掉进水里了，我可是不会去救啊，坐稳了。"

"哎呀！快走吧！我们都小心点！在水上很没安全感的。"

"呵呵，我可是会游泳的，你自己小心了，水里可是有大鳄鱼的哦！"

"别叫了，斌斌！珉珉，你行不行啊？怎么这么晃啊？好像起风了哦，我好怕！"

"这里水不深，也不冷，你还是好好享受一下吧。"

樱子还是很紧张，毕竟真的很晃啊，风还急了，今天天气预报不是微风吗？珉珉急了，斌斌也不知所措。

　　"樱子，别害怕，今天预告没大风。要相信我们一定会
保护你的！"

　　"天哪，樱子你怎么哭了？你怎么……"

　　"我真的害怕，你们别丢下我，为什么你们老是欺负我？
我们不是说好做哥们的吗？呜……"

　　"对不起，樱子，我保证再不欺负你了，我保证永远也
不让你受任何委屈！我保证！别哭了，拜托！"

　　那阵风过去了，船也稳下来了。看着焦急的斌斌，樱子
感觉自己多少有点小题大做了。

　　"我才不怕，到哪里了？"

　　"哦，我还真不知道这里是哪里，不过我和斌斌都在这
边长大的，肯定能回得去，不要担心。"

　　"樱子，对不起，我错了，以后不吓唬你了，这河里没
有鳄鱼、鲨鱼那些大鱼，能有几条泥鳅就不错了！"

　　看着斌斌惭愧的神情，樱子觉得异常开心。美丽的沙滩
上有许多不知道名字的小鸟和很多奇怪却好看的石头，夕阳
就快下山了，最后的红光洒在这里，整个江面红彤彤一片，
流水声像曲柔情的歌。

　　"能告诉我这是哪里吗？"

　　"天涯海角！"三人异口同声，给他们心中的圣地命了名。

# 六

"角儿姐姐，快ㄡ看贝壳啊！我捡了好多哦！"

"你干吗不带我云啊？是你那两个好哥哥的意思吧！"

"别生气嘛！不要？"

"当然要了，但有更重要的事情要告诉你，下个星期天，天涯他们要去春游，叫你也去，别兴奋过度啊。"

"呵呵，我最近大利出行啊！刚刚找到天涯海角，又有春游，呵呵……"

那夜，樱子兴奋得睡不着觉，还收到天涯 or boy 的留言：樱子，我不知道该怎么表达我对你的感情，但我可以肯定地说，我爱你，无论天涯海角我希望永远和你在一起……

樱花漫舞：谢谢你的厚爱！

天涯写作文似的写了一大篇，樱子却只回了几个字。

这一天，樱子跟天涯他们约了见面。踏着铃声走出教室，突然想去理发店打理一番，不料理发的人很多，害得樱子错过了约定的时间。她使劲告诉自己：天涯不会生气的。

"天涯来了吗？角儿姐姐，海风！"

"来了，又去找你了，找了好几遍都没找到，怕是生气了！"

"啊？我去找他。"

樱子的快速搜寻让她的精心打扮失效了。

"总算找到你了！"樱子高兴地叫了起来。

"哦。我还以为你花这么久弄成什么样子了，原来还是老样子。"

"天涯，你没生气吧？我迟到了，对不起。"

"我没生气，今天就到这里吧。"

说完就返回了宿舍，樱子只好在线上和他道歉。

樱花漫舞：别生气了！我不是故意的，原谅我好吗？

天涯or boy：为什么你总是食言？难道在你心里我就这么不重要吗？你到底把我当成什么了？

樱花漫舞：我不是故意的，对不起！

天涯or boy：好了，不要说了，我先玩游戏了。

樱子正郁闷，珉珉就上了线。

坏坏的臭男孩：丫头，怎么在线也不跟哥打个招呼啊？

樱花漫舞：别问了，烦！

坏坏的臭男孩：怎么了？心情不好吗？

樱花漫舞：我遇到一个男生，这个人和一个对我很重要的人很像。我和他在一起很矛盾，总感觉处不好，但是我也舍不得他那张熟悉的脸。

　　坏坏的臭男孩：到底是什么样的人对你那么重要？一张相像的脸就有那么大魔力？

　　樱花漫舞：他是我邻居家的哥哥，陪我走过很长的一段路，我喜欢听他给我讲童话故事，然后幻想我就是故事里的公主。不管一起做什么事情，我们都很开心。

　　坏坏的臭男孩：听起来好感动哦，那后来呢？

　　樱花漫舞：他死了！在我读小学的时候就病死了。现在再见到那张脸，我就忍不住认为是他回来了。

　　坏坏的臭男孩：丫头，你要明白，人死不能复生，谁也不能替代另一个人。你现在的 BF 让你不快乐，就应该离开他。

　　樱花漫舞：记得我写在 QQ 里的自我介绍吗？如果有谁给我一只蓝色的蝴蝶，我愿意用我的所有去交换！

　　坏坏的臭男孩：记得，为什么这么说？

　　樱花漫舞：因为他说他是去一个有蓝色蝴蝶的地方，每一只蓝蝴蝶都是他的信差。

　　坏坏的臭男孩：要是没有这样的蝴蝶呢？难道你准备一直找下去吗？

　　樱花漫舞：我现在很迷茫，不知道该怎么办，现在遇到的所有人都与蓝蝴蝶没有任何关系。不过，若是将来有谁肯为我找到蓝蝴蝶，是不是代表他就是我的白马王子？

　　坏坏的臭男孩：丫头，不管有没有蓝蝴蝶，也总会有爱你的人和你爱的人，最重要的，是要让自己过得快乐！

樱子正不知道该如何回复时，天涯的信息冒了出来。

天涯 or boy：你在干吗？

樱花漫舞：和一个朋友聊天。

天涯 or boy：你能不能别让我这么累！

樱花漫舞：对不起，我真的不知道怎么办，其实我也很累。和你在一起我都是小心翼翼的，真的很害怕一个不小心你就会离开。请问你又在累什么？

天涯 or boy：我的朋友都觉得你有不少缺点，你为什么就这么不上进呢？难道你就不可以为我考虑一下吗？

樱花漫舞：可是我就是这样子的啊。你和我在一起难道要由别人来评判吗？如果你只是希望把我变成一个你认为完美的人，为什么不直接去找一个更完美的人呢？

天涯 or boy：无论我说什么，总是会被你说得无言以对，还是不说这个了吧！省得吵架。

樱花漫舞：好吧！

天涯 or boy：对了，劝劝你的朋友吧！海风眼光很高，他们最多能成朋友。

樱花漫舞：那你可以帮她一把吗？

天涯 or boy：恐怕没用，我早说过，感情的事情别人都没办法。

樱花漫舞：你们专业的人真的都自视很高唉！

天涯 or boy：你能不要群体攻击吗？说话这么冲！

樱花漫舞：我天生就这样，接受不了，随时走人。

天涯 or boy：仔仔说得对，你们学院的女生个个都不是好惹的。

樱花漫舞：对！我不可能因为你的某个朋友对我有意见就变成你喜欢的样子！也请你不要把别人的看法当作我的模板，我们都冷静一下吧！

# 七

樱子和天涯的冷战没有持续几天，转眼就到了春游的日子。

"姐姐，今天天涯他们去春游，你要不要和我一起去？"

"算了，海风又没有请我去，怎么好意思啊？你快去吧！别迟到了！"

"你不追海风了？"

"不了！何必自作多情！"

看角儿这神情，樱子明白是表白被拒了。

等到碰面时，海风却主动问了起来。

"樱子，角儿没来吗？"

"你也没请她来啊？难道要人家不请自来啊？"

他们去的是当地名胜，天气十分晴朗。

"哇！好高的城墙，我们上去吧！"

"天涯，好好保护你家樱子，我给你们拍照！"

"我还没准备好呢！海风没事瞎拍什么照片嘛！"

海风躲过樱子抢相机的手，转而看向了远处的吊桥。

"那边有吊桥，敢去试试吗？"

"看起来很有意思，天涯，你敢去吗？"

"笑话，你敢我会不敢吗？走吧，傻丫头！"

"住口，不准叫傻丫头，丫头就算了，还傻！"

"什么？这都不能叫？真受不了。"

到了桥上，海风恶作剧地故意摇晃起来。

"啊！海风，你别晃！如果我掉下去，死了也不会放过你的！"

"别怕，我在！"天涯赶紧扶住了樱子。海风又抓住时间拍了一张。

过了吊桥，大家就朝着鲜花盛开的山谷走去。

"哦！好多花，世外桃源啊！我认得这五颜六色的是山茶，那些树上的我就不知道了，你知道吗？"

"我的樱子啊！当我是万事通吗？我们还是去拍照吧！"

"OK，走吧！海风，帮我拍漂亮点！"

"OK，四周有美景，满天还是花瓣，你们随便摆 poss

都不会难看："

被樱子立着拍了好多张，天涯终于忍不住了。

"樱子，累吗？那边有亭子，我们去歇会儿吧！"

海风却是不尽兴。

"等会儿，等会儿，樱子陪我拍一张！OK？天涯，就借半分钟。"

"好啊，拍吧！就这样，耶……"

等樱子和海风拍够了，天涯终于可以坐在亭子里享受山风的清凉。

"樱子，一开始你为什么那么爽快就答应我了？"

"想听真话还是假话？"

"废话，当然是真话啦！"

"那你先回答我一个问题：你想过永远吗？"

"实话说，我没想过，人要现实点，将来的事情谁都无法预料。"

"好吧！其实我一开始只是随口应下，后来才发现对你还挺牵挂。"

"难道你从来都没有喜欢过我吗？"

"你又生气！你不是也一样吗？我就不信，才认识两三个小时，会有多强烈的感情。"

"我不一样，我是一见钟情。"

"呵呵，我好感动喔。"

“既然如此，不如我们约法三章吧！”

“不！是我要跟你提要求：一、不准和其他女生说太多话；二、不准一个人生闷气；三、生气不要不理我；四、我还没有想好，等改天想到了再说。”

“霸道。”

“不服是吗？”

山风轻轻拂去尘埃，樱子感觉到的是一如往常的快乐，悄悄地靠在天涯的肩膀上熟睡了。

“樱子，我们该回去了。”

樱子迷迷糊糊上了车，继续她的美梦。一路睡回学校，迎面就见到了角儿。

“樱子，回来了，告诉我今天玩得怎么样啊？”

“姐姐，我好累！我要睡觉，脚也好疼，这几枝花送给你了。”

“好漂亮喔！谢谢。”

角儿接过花，也不再打扰樱子休息了。

“樱子，上课了，自习老师都来了，快给我说一说今天的事情吧！”

很快，角儿就把纸条传了过来：今天海风是不是带美女去了？有没有提起过我？

樱子回：早上一见面就问你为什么没去，不过被我怼回去了。而且一天都和我们在一起，没有看见什么别的女生。

# 八

"今天真的很无奈，下午的时间，我必须回学校出黑板报，你自己回去上课好吗？"

"喔！那你就回去吧！我今天已经没课了，再见！"

别过天涯，樱子就飞快往学校赶，带着同学在黑板墙上描绘着图案。待到大功告成，樱子的目光又落到了那栋熟悉的小洋楼上。不知不觉间，就走到了大门口。

"樱子，来找珉珉吗？我帮你叫他，珉珉！"

"谢谢你，阿姨。"

"樱子，你怎么来了？快过来看球赛，踢得很不错的。"珉珉在客厅招呼道。

樱子默默进屋看电视。坐了很久，樱子有些坐不住了。

"是不是无聊啊？斌斌一会儿要过来，要不我们去接一下他？"

"可以啊，很久没有看见他了。"

刚出门就碰到了斌斌。

“哈哈，樱子是想我了，居然还出来接我，我好感动啊！”

“我是陪珉珉出来透气的，谁会想你啊，一边去。哼！”

“好了，樱子，我现在不跟你斗嘴了，不然你又跑去找你男朋友哭。话说，他没有欺负你吧？”

“天涯？他敢吗？”

“哈哈，也是哦，珉珉要看球赛，你在这里干吗？我最近练了个新号，我们去比试一下如何？”

两人拉拉扯扯间，迎面遇到两个熟人，正是天涯的室友。

“海风、新宇，怎么是你们啊？”

“你还挺潇洒嘛！天涯呢？”

“海风，你别误会啊！这是我哥们……”

“留着跟天涯说吧！”

看着海风离开的身影，斌斌气愤地想：什么人都能给樱子甩脸子吗？樱子却继续和他去网吧，只是心里多少有点不安。

樱花漫舞：斌斌，你相信命运吗？

冷冷冰冰：不相信，难道你相信吗？

樱花漫舞：我早上弄坏了天涯送给我的手链，我不知道会不会有不好的事情发生。

冷冷冰冰：你这么在意他？你确定他可以给你带来幸福？

樱花漫舞：不确定，但是我希望可以啊，虽然有时候和他在一起很累，但是我还是很希望看见他的。

此时，天涯上线了。

天涯 or boy：我有预感我们快分手了。

樱花漫舞：你什么意思？之前不是好好的吗？今天不是愚人节。别开玩笑。

天涯：你不是要回去画画吗？怎么不画了？为什么不给我打电话，还有为什么和别人在大街上拉拉扯扯？

樱花漫舞：我知道了，你是听海风说的吧！我给你打过电话的。

天涯 or boy：我一直守着电话等你打！你们一起就不担心我生气吗？

樱花漫舞：我以为你可以理解，我的这些哥们你一早就知道啊。

天涯 or boy：你一直在骗我，对吗？你心里另有其人，对吗？如果是那样，你又何必在我面前装纯情？

樱花漫舞：你为什么这样说我？你有朋友，我也有朋友啊！我就该一个人吗？

天涯 or boy：你现在在哪里？

樱花漫舞：网吧。想分手就分吧！

很快，天涯就出现在樱子身后，她却不看他，只是在屏幕上打字。

樱花漫舞：你来了，想说什么，只管说吧！

"你全部的话里，有没有一句是真的？"

樱花漫舞：我说的就没有一句是假的！

"还在骗我！"

樱花漫舞：我不明白你在说什么。

"从一开始到现在，我对你不够好吗？"

樱花漫舞：你一直都不相信我，一直在到处求证我是个什么样的人，不是吗？

"认识角儿以后，她就把你的底细全部告诉我了，你有心上人，你从小就很爱他，是今天和你在一起的那个人吗？"

樱花漫舞：不是，那个人已经死了。

"是吗？我要怎么相信你？"

樱花漫舞：那是我小时候的邻居哥哥，他对我很好，可是后来他病死了，你们长得很像，让我觉得这是缘分，是恩赐。

"所以我就是个替身，对吗？所以你就从来没有爱过我？"

樱花漫舞：谁说你是替身的？你就是你！

"那你爱过我吗？"

樱花漫舞：照你说的，应该就是没有了，分手吧！

"我就是个彻头彻尾的笑话。"

樱花满舞：再也不见！

"都在一个学校，会见不到吗？"

樱花漫舞：你错了，你不知道伤心人喜欢离开伤心地吗？这里让我太失望了，想不到，连角儿都出卖我。

"你要去哪里？就算你不爱我，我也愿意用全部的爱来让你的世界充满阳光。"

　　樱花漫舞：我讨厌阳光，你忘记我紫外线过敏了吗？

　　"请再给我一次机会，我们还可以和以前一样，不，我们会真心相爱的。"

　　樱花漫舞：可能吗？你为什么要这么做？明明已经厌倦，为什么还要挽留？

　　"只要你以后真心对我，我还和以前一样爱你，真的，给自己一次机会。"

　　樱花漫舞：我不知道你是怎么做到刚刚还在质问闹分手，转眼又来求复合的，但是我知道我不想继续了。

　　"让我再送你一次好吗？请让我先送你回宿舍，拜托了！"

　　樱子没有和斌斌打招呼，任由天涯跟在她后面出了门，两人相对无言。

　　"只要你还在这个世界上，我就会一直跟着你！"

　　这是樱子在走进寝室前听到的最后一句话。角儿仍旧会询问一些关于她的事情，樱子依旧对她笑，但是这样的笑多少有了些隔阂。

# 九

"喂，你什么时候变得这么敏感了？我又哪里惹到你了啊？"

"呵呵，不要说了，去我们的天涯海角吧！今天得坐我的车去才公平。"樱子乖乖上了斌斌的车，直奔天涯海角。

"哦，到了，想不到这里一直这么令人放松啊！想知道我为什么喜欢它吗？"

"不对劲，你什么时候变得这么多愁善感了？不过，我一早就感觉你有事。"

"天涯海角，是我儿时的一个梦想，那时的我是一只丑小鸭，没人理会，也没有朋友，连比我小的孩子也能欺负我。后来，有个人出现在我身边，给我讲故事，关心我，照顾我。他会抽出很多时间来陪我，会在我难过的时候说'不要怕，哥在呢'。我喜欢趴在他背上紧紧抱住他，喜欢听他的心跳声。"

"感觉还挺幸福的，那后来呢？"

"他的故事里有个美丽的地方，叫天涯海角，说那里没有苦难，遍地都是飞舞的蓝蝴蝶天使，可以帮人完成心愿。他总让我坐在他的单车后座上，然后飞快地往前骑，假装那样就可以到美丽的天涯海角。"

"那后来呢？"

"后来，他就死了，我很伤心，哭了很久，却无能为力。他在梦里告诉我，要好好地生活下去，他会在一个有蓝蝴蝶的地方等着我，祝福我，蓝蝴蝶会是他的信差。所以我一直在找蓝蝴蝶。后来，天涯突然出现了，他们长得很像。"

"老天呀，你不会把那个天涯当替身了吧？"

"我就是想多看看那张脸，可能天涯也是你这么想的吧，所以，我们分手了。"

"天涯是怎么知道的？"

"应该是我室友角儿告诉他的吧！亏我还一直拿她当好姐妹。"

"怎么可以把别人的秘密说出去！这样的姐妹不要也罢！"珉珉终于开口了。

"是的，现在你们就是我最好的朋友，谢谢你们对我这么好，但是现在，我想要离开这里，去寻找永恒的天涯海角。"

"你要去哪里？你还在上学！不可以说离开就离开的。"

"对不起，斌斌，我就是太难受了，只想逃离这里。"

樱子不再说话，只默默垂泪。

"算了，看日落吧！"

珉珉转移了话题，斌斌也沉默下来。

# 十

"樱子，我错了！我不该把你的秘密告诉别人！天涯说他宁愿不知道，他只求你原谅他！若是你不原谅他，他肯定会骂死我的！"

"角儿，别这样，我也没有怪你，你说的本来也没错。"

角儿喝得烂醉，天涯不知道什么时候已经和海风出现在了门口，海风去扶角儿，天涯则堵在门口，那哀怨的眼神，看得樱子心里发毛。

"求你了，不要离开我，好不好？尽管你撒过谎，但它让我更加疼惜你！求你了，不要离开我！"说话间天涯的眼泪跟着往下掉，樱子的心被刺痛了，那是一张本应该永远阳光灿烂的脸啊！怎么能够落泪呢？

"好！我同意了！"她就这样屈服了。樱子依旧和天涯漫步在熟悉的城市街道，依旧一起去吃饭买东西，依旧天南海北地聊。但樱子再也不叽叽喳喳了，她好像已经意识到，她只要说点什么就会被怀疑。

"记得我们一起春游的时候，我说过的话吗？如果谎言里是天堂，谎言外是地狱，那么我愿意一直生活在谎言里，因为谎言并不可怕，可怕的是谎言被拆穿！还记得吗？天涯。"

"哦，也许早一点接受现实会好一些，别对自己太残忍。"

"我一向喜欢简单的生活，可是它却这么复杂。"

"你一天一个说法，叫我怎么相信你？"

天涯话音未落，樱子的心已经被刺痛了，她明白，天涯不可能相信她，正所谓：一朝被蛇咬，十年怕井绳。她不怪他，因为他才是最无辜的。樱子对天涯报以惭愧的一笑，强压住心中的煎熬。

"天涯，你还喜欢阳光吗？"

"干吗不喜欢？"

樱子的手被天涯拉着，可是却想着摆脱，明明那么依恋，却偏偏想放下；明明是她期待的肩膀，却偏偏不能依靠。

唯一带给樱子快乐的，依旧是斌斌、珉珉这对兄弟。

"樱子，你又跟那个天涯和好了？你干吗非他不可啊？你还是放不下，对吗？一个已经死去那么久的人，对你而言真的就那么重要吗？要珍惜眼前人啊！为了那个影子，牺牲自己的幸福，真的值得吗？"

"珉哥，谢谢你！天涯和我现在真的很好，你别太担心。"

"你当我们傻啊？为什么你不像以前那样顽皮了？你以

为你能瞒得过我吗？"

"谢谢你，斌斌！我知道你对我最好了，但是你也应该尊重我的选择啊！"

# 十一

樱子和天涯的关系越来越紧张了，总会为了一些小事情而吵闹。

"天涯，事已至此，我们还是好聚好散吧！"

"不，其实事情并没有那么严重的，只要你以后坦诚一点就可以了。"

"我能做的就这样了，天涯，你永远没有办法控制自己下意识的怀疑，我也很累，和你说每一句话之前，我都要想清楚你听后的反应和各种可能的意外。"

"对不起，是我不好，求你了，别离开我！"

面对天涯的乞求，樱子真的狠不下心，他到底在坚持什么？为什么明明双方都已经疲惫到了极点，却还是不肯放手？樱子不解，却也无可奈何，只好继续小心翼翼地和天涯交往。

斌斌趁着樱子走神，突然蹦出来，吓她一跳。

"哇！哈哈哈！"

"天那！斌斌，你想吓死我吗？"

斌斌："怎么会。我最喜欢樱子小姐了！刚刚只是看你最近都不太开心，想逗你开心嘛！"

樱子："我哪有不开心。"

斌斌："你都在我面前哭过好几回了，还说没有。"

珉珉："好了。樱子，有件事情我想你有必要知道，这也是我们今天来找你的原因。我们发现天涯、海风、角儿这三个人有问题，你好像被骗了。"

"你没开玩笑吧？他们三个人能有什么问题？三角恋吗？"

"你或许不相信，但是斌斌亲眼看见角儿和天涯接吻……"

"闭嘴啊！我才不相信！斌斌，你看见什么了？"

樱子尖叫着，而斌斌却用力捂住嘴，不肯开口，樱子急得快哭了。

"拜托了，好吗？"

"别问我，我什么都不知道！"

"告诉我！珉珉在说谎，对吗？"

"没有。对不起，我知道你很难过，可是这的确是真的，就在你们教室，我还以为他是去找你的，就准备离开，谁知道……”

“够了，别说了！为什么你要说这些不可能的事情啊？”

“我不管你怎么看我，但我希望你正视事实，我只是去找你，却碰到了他们，后来我还跟踪过他们，他们拥抱亲吻，不止一次。你没有理由继续袒护他！”

“我不信！我要回去了，再见。”

樱子脑子里一片空白，不知道自己是怎么走回教室的，她不知道该如何去面对这个事实。她鬼使神差地跟在角儿后面，直到……

“角儿，我再也撑不住了，樱子她太可怜了，她好像已经感觉到什么了，还说要和我分手。”

“别紧张，我和海风一天不散，你就一天不可以和樱子分手，你难道想让海风恨我们吗？反正她现在也觉得是自己欠你的，你担心什么？等我和海风好聚好散后，你再找个理由和她分手，那丫头或许还巴不得呢！你难道不喜欢我了吗？”

“怎么会不喜欢你？我爱你胜过爱自己。”

樱子好像突然卸下了重担似的，她笑了，很从容，那夜她睡得非常香。

# 十二

"天涯，最近好吗？我会为你祈祷的！"

"你说什么呢？我又不是要死了，还要你为我祈祷！"

"也是哦。很久没有听你唱歌了，可以再给我唱一首吗？"

"想听什么？"

"《十年》《断点》，可以吗？"

天涯很随意地唱着，樱子很认真地听着，末了，还使劲鼓掌叫好，一切似乎都轻松、自然。

"天涯，你现在有什么事情要做吗？有的话你就去吧！不用陪我。"

"你为什么说这样的话？难道你又要离开我吗？"

"别这么敏感好不好？我怎么会离开你啊！我不是说过只要你还需要我，我就绝对不会离开你吗？小笨蛋！"

"哈哈。"

坏坏的臭男孩：你为什么不理我了？为什么不回我的留

言？为什么不来找我玩？你还是不肯相信我？

樱花漫舞：对不起，珉哥。我已经相信你了，我在做一件很重要的事情，暂时不能与你们来往，请勿见怪。

坏坏的臭男孩：什么事情？为什么不肯告诉我？你真的很爱那个家伙？我看见你们最近走得很近，甚至感觉挺甜的。

樱花漫舞：我最珍惜的就是你们对我的无条件支持，但是这件事我必须独自去解决，你若真想帮我，就给我看着斌斌，千万别让他乱来！谢谢，再见。

樱子回过头来，等天涯出现。

"天涯，来了！海风也在啊，刚才和我那个哥哥聊了会儿天，没注意到你们，来一会儿了吧？"

"不是的，刚进门。天涯，人家为你连哥哥都不要了，你可要好好对人家啊！哎，要是角儿那丫头有你一半懂事就好了。"

"角儿已经很好了啊！海风，你跟角儿姐姐吵架了吗？不过，如果真的合不来，就干脆分了得了。"

"你怎么说话的啊？宁拆十座庙不毁一桩婚！懂不懂啊你！"

"哦，我错了，下不为例！"

樱花漫舞的季节早就过去了，天涯海角的梦也已经清醒。春天的花最艳，夏天的叶最鲜，这个美丽小城市的各个角落都已经充满了鲜嫩的希望。海风终于和角儿说了拜拜，樱子的任务也已经圆满完成，写完这封信整出戏就可以结束。她的手指在键盘上飞快地敲着：

DEAR 天涯：

　　见信佳！

　　现在的我们是不是悲哀的呢？我说的每一句话、做的每一件事情，你都不得不去想，我为什么要这么说，为什么要这么做，我又想干什么？你一定很累吧！其实我也很累，自己每说一句话、每做一件事，都会不由自主地猜测，你可能会有的反应。为了结束这份悲哀，成就你的美好，我们分手吧！

　　谢谢你这些日子对我的好，而我却带给你无尽的烦恼，为此我想说声对不起！希望在以后的日子里，你可以和她幸福快乐，我会永远为你们祝福的！

　　　　　　　　　　　　　　　　　　　　——樱子

　　天涯接到信后，独自去酒吧喝了一顿，或许这也是戏剧的一部分，角儿也去了，樱子在门外看到他们碰杯的神情，沧桑得逼真。一回头，看见海风正搂着一个长发美女，原来到最后，居然只有樱子一个人在流浪。樱子很庆幸，自己能够很从容地退出棋局。

　　就在樱子感觉很久没有这么轻松过了的时候，他却再度出现在她面前。

"樱子我不想分了，我心里最爱的人依然是你！我希望
你可以原谅我。"

"对不起！我并不坚强，接受不了重复的打击，再见。"

天涯海角，很可笑，一个本应该早已结束的梦，却一直
延续到今天，令她倍受苦难，不管天涯的回来是喜还是戏，
都可以画上一个句号了。

# 十三

"斌斌，你干什么？为什么抢我的花？那是红玫瑰，不
可以给你的！"

为什么不能给我啊？你生日快到了，告诉我，想要什么
礼物？自己人，不用客气！倾家荡产，在所不惜！"

"什么也不要，你和珉珉一起来就 OK 了。这次你们请客，
我付账。"

"哇！我得去把这个令人振奋的消息告诉珉珉！拜拜！"

生日很简单，和朋友们聚一餐，没有什么特别的事情。
珉珉送的笨笨熊，让樱子乐不可支。

"送给天下最可爱的丫头，愿我们的樱子永远开心、

可爱。"

"谢谢！熊宝贝，你以后要乖哦！姐姐会爱你的！"

"樱子别抱着笨笨熊舍不得放手，这盒石头是送给你的，愿你越来越漂亮。"

"谢谢斌斌，我都好喜欢哦。为表感谢，把我的乖弟弟给你抱抱。"

那夜，樱子很幸福地抱着笨笨熊，梦里都在笑。

"啊！救命啊！"夜半惊呼，众姐妹定睛一看。

"樱子！你居然被玩具熊给挤下床了？哈哈……"

这天，樱子与斌斌在学院操场散步。

你知道吗，前天我看见珉珉拿了个特大号玩具熊，比你那个漂亮，也比你那个大，送给了一个很漂亮的女生，真的是很漂亮的女生！"

珉珉身边那么多漂亮妹妹，我也只是其中一个，哪有资格过问他的事情啊！如果他真的有了中意的女孩，我们也应该为他感到高兴，不是吗？让我们为他们祝福吧！"

"这才对嘛！嗯？不对！你脸色不对！你流泪了！为什么？"

"没有啦！沙子……"

"沙子进了眼睛？三岁小孩都不会相信。你是不是喜欢珉珉？"

"不是啦！他是我大哥，我只是他很多妹妹中的一个，他不会喜欢我的，我也不会爱上他，你到底要我说几次，才能听明白啊？"

"不明白！既然这样，那你为什么要哭？"

"我没哭，我高兴，我很高兴，呜呜……可是我真的忍不住啊！"

"为什么？"

"我不知道，不知道，可以了吧！我也不知道为什么会感觉这么难受，我从来没有过这样的感觉，求你了，别问了，我真的不知道为什么。这么久以来，我和你们一直都是兄妹相称，也天天期盼你们可以幸福。我也不知道为什么我现在没有办法好好地祝福他。"

"让我告诉你！你真的爱上他了！是不是？"

"我真的不知道，我不明白，呜呜……我只是想好好地哭一回！"

"你哭吧！但你答应我，哭完就要好起来！樱子，其实，我一直在为你寻找蓝蝴蝶，只是……"

"谢谢，我知道这个世界上根本没有那样的蝴蝶。对不起。这一次，我真的想要换个地方生活了。"

"你要去哪里？难道你就不打算跟珉珉道别吗？还有我，我虽然一直没有办法让你接受我，但就连一点依恋都没有吗？"

"斌斌，对不起，我一直辜负得最多的人就是你！再帮我一次，帮我祝福珉珉，我也会祝福你的！对不起！”

“那么，让我去送你，好吗？”

樱子垂下头，轻轻点点。

# 十四

“珉珉，你和她还好吗？我是说你的女朋友。”

“斌斌，你干吗这么问？你应该去陪樱子，她需要一个肩膀。”

“我还是要问，你很爱现在的女朋友吗？你还在乎樱子吗？”

“你烦不烦？我当然在乎了，樱子是我的妹子，你说我在不在意？你是不是不想做我妹夫了？”

“我明白了，可惜我没那福气，但你别这样糟蹋樱子的真心，她是个人，不是个礼物，不要随便就把她送给谁。”

“你胡说八道些什么？你是不是疯了？”

“我是疯了，但现在已经清醒了。樱子不爱我，我也不想再勉强了。既然你这么不在意她，就一切顺其自然吧！”

“等等，到底发生什么事了？樱子怎么了？”

"她说她想要离开这里，再也不会回来了！听明白了吗？"

"什么？你怎么不早说？她现在在哪里？"

斌斌无奈地摇摇头。

她失踪了！

"斌斌，你都在干什么？你干吗不看着她？"

"你哭了？你也会流泪？你有关心过她吗？这一切都是因为你！如果不是你她会去找天涯吗？虽然天涯给她幻想，但是她更希望你对她有一点点在意！"

"你闭嘴，我这么做都是为了谁？你应该知道我到底有多喜欢她！我给你机会，那么真心地希望你们在一起，希望你们快乐，这一切难道你都不明白吗？"

斌斌没有回答，只是定定地看着珉珉。良久，他低下了头。

"对不起，是我错怪你了，我知道你这么做都是为了我们，我明白你比谁都在乎她。"

"斌斌，我只希望她和你好，希望你们都好，我把她交给你，也就是因为你是我兄弟，你很爱她，你叫我放心！"

"现在什么都晚了，樱子不见了，再说这些有何用？"

"如果我没有猜错，只要她还在这个城市，就一定在那个地方。"

"你是说'天涯海角'？"

"对！快走！"

两人各自骑上自己的车，飞奔向那个充满希望的地方。

"樱子，你怎么会一个人跑到这里来？你不知道我们会为你担心吗？"

"好美的天涯海角，好美的沙滩，好清爽的风，好闪亮的星星，真难得。"樱子的眼睛也很闪亮，"可是我想要离开了，我想到另一个地方，一个没有烦恼的地方。我会记住这里有两个男孩帮我找到了这个美丽的地方。"

"我不要你记得我，我现在用大哥的身份命令你：不准走！哪里都不许去！除非你永远不是我妹妹了！"

"我真的很想去一个没有人认识我的地方！真的很希望……大哥，你不可以不理我的！"

"我也不希望不理你！除非你给我保证，绝对不离开我们！"

樱子把头埋得低低的，她真的舍不得。

"樱子保证，永远做你的妹妹。"

"这才乖嘛！"天涯海角里又有了欢笑。

"樱子以后都不会再流泪了，是吗？"珉珉在替樱子擦去最后一滴泪水时问道。樱子正欲作答，却被斌斌抢了先。

"我保证樱子以后都不会再流泪。"

"哦。"樱子不知道斌斌哪里来的自信，如此轻易就保证未来的人生。

夜很安静，三人决定返回，珉珉快速上了他的车疾驰而去，斌斌来到樱子面前。

"樱子，以后的路，让我陪你走，好吗？"

"你找到蓝蝴蝶了吗？"樱子问。

"哦，回去看看我送你的雨花石吧！珉珉跑得可真快哦！"

"他忙嘛！找嫂子去了啦！"

"刚刚闹离家出走，这么快就喊嫂子了，吓我一身冷汗！"

返校的第一件事就是把那盒雨花石翻来覆去地看了个遍，没有什么特别的，拉开垫布一看：

"哇！蓝蝴蝶耶！"

一个精致的蓝蝴蝶标本，鲜活地摆在她眼前，碧蓝色的蝴蝶鳞片在灯光下熠熠生辉。

"樱子，有人找你，帅哥哦！"玲儿的眼神停在了樱子的蓝蝴蝶上。她飞速藏好，径直往楼下奔去。

"樱子今晚我们学院放电影，陪我去看看好吗？"

好像是电视里的肥皂剧情节！但是斌斌手里的花很漂亮，樱子看呆了。

"好不好？去不去？说话啊！拜托啊！"

"哦。"斌斌很满足地拉着樱子就走。电影很精彩。

"我爱你！"樱子突然和女主角一起说。

"你说了什么？麻烦你再说一遍，OK？拜托！"

"我什么也没有说啊。是电影里的人说的。"

"你说了'我爱你'！"

　　樱子的脸一定很红，因为她感觉到了很灼热的两片唇印了上去，脑袋里嗡嗡作响，忘记了要思考，抬头在斌斌脸上印下浅浅的一个吻。

　　"可以了吗？"

　　"可以了！谢天谢地！"他抱住她，用尽全部的力气。

# 十五

　　天涯海角的沙滩，樱子靠在斌斌怀里低语。

　　"斌斌，你还记得 SHMILY 吗？那是 see how much I love you（知道我多么爱你）！你明白了吗？"

　　"我明白，一早就明白，我知道你会亲口对我说的！这是我这辈子听过的最美的告白！"他将她抱得更紧。

　　这时，珉珉带着他的女朋友笑着走了过来。

　　"你们这两个小鬼，很幸福啊！也不谢谢我！对了，我记得有个人还欠我一个解释哦！"

　　"当然要谢谢了，我的珉哥！see how much I like you！这样解释够完美吧？呵呵！"

　　"当然咯，这是我今生听过的最敷衍的谜底！"

江水冲过沙滩，两对白鹤相随而去，天边划出一道美丽的彩虹，注定会是一个温暖的季节！

"太阳雨耶！"樱子尖叫起来，阳光像雨点一样落到水里，还泛出一圈圈的波纹和一道美丽的彩虹。安静的美，那么和谐，斌斌把樱子搂得更紧。在水面，樱子清楚地看见那张她记忆里的脸！微笑的熟悉的脸，是在祝福！樱子感觉得出那是真真切切的祝福！也许这场太阳雨就是他送给樱子的礼物。

江水依旧不知疲惫地打着节拍，樱子明白，天涯海角的美是因为他们的存在而存在，也许这里曾经只是一个普通的沙滩，就因为他们，它就被赋予了爱的色彩！只要有爱，走到哪里，哪里就会是他们的天涯海角！

# 爱在心扉

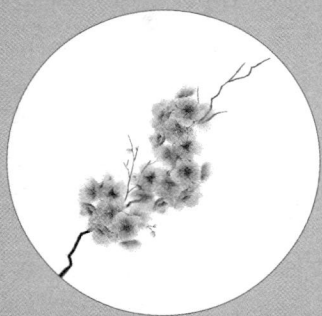

一

　　漫长的暑假，樱子就这么浑浑噩噩地度过了，好在，终于开学了！

　　"樱子！你终于到校了，你知道吗？我们分新宿舍了！只可惜，角儿被分出去了。不过呢，我们还在一起，橘子也是！"

　　"小桃姐姐，你别掐我行吗？很痛的好不好？都是大学生了，分个宿舍也没什么呀！"樱子放下行李，回着小桃的话。

　　"好了，去看看咱们的新宿舍吧！"橘子过来帮樱子拿行李，"哇！小桃快来帮帮我，好重哦，樱子，你哥哥和你男朋友呢？"

　　"是呀！我也奇怪，你返校怎么不见他们的人影，没道理呀！"小桃显得很好奇，橘子也似乎想问个究竟。

　　"斌斌考上了外地的研究生，半月前就走了。至于珉珉，我没有告诉他我今天到校！"

"其实也很羡慕你的，有个好男友，你们差不多有两年的恋爱史了吧？还有一个好大哥，一心向着你……"

"我不是还有三个好姐妹吗？是不是我不夸夸你们，你们就在这儿一直提醒我！"

樱子刚进宿舍，便找了张床躺了下去，她现在很需要休息。

一转眼，关于"天涯海角"的故事已经过去两年了，原本以为和角儿的关系会很尴尬，小桃和橘子却走进了她的世界，有这两个丫头的调和，几人倒也相处得非常融洽。橘子和樱子差不多大，小桃则一直是个智多星，大家很快就熟络起来。至于某人某事一直是樱子和角儿之间的默契，谁也不会主动提起。原以为会这样一直到毕业，没承想，角儿居然被分配到其他宿舍了。

"樱子，快醒醒！角儿到车站了！"橘子大叫着。

"你难道不知道打扰人家休息很残忍吗？"

"那你睡吧！我和小桃去接她就可以了。"

"等等我！"樱子一个鲤鱼打挺翻身下床。两年多的姐妹，而且就快分开了，她怎么能不去？

"樱子！"角儿给了樱子一个特大号的拥抱，她是一个人来的，天涯与她早就成了过去式。

"角儿姐姐。"樱子也热情地回了一个夸张的拥抱。四个丫头一起拥抱。

宿舍公示栏前。

"姐姐，别难过．又不是生离死别！你在新宿舍要是孤单可以来找我们，又不远，还是在一个学校里嘛！"樱子安慰着。

"人家舍不得你嘛！"角儿似乎在撒娇。

"你舍不得我，我可舍得你，再不用看见你了！再不用受你的欺负了！这两年，我可真的受够了。"

"你？！你这个没良心的！"

"哼！我这不是一番好意想让你减轻点离别的悲伤吗？你倒好，说我没良心！"樱子开始叫屈，也不得不承认，这些年角儿对她不错。

"好了，没事了．人家怎么会不知道呢！橘子，你和小桃比樱子懂事，记得帮着点她，尤其是小桃，你现在可是大姐了，两个小妹要是有点什么事情，我是不会放过你的！"

"你就担心她们，放心啦！管好你自己！"小桃这会儿还真有点大姐的模样。

日子一天天过，小桃和橘子开始追求她们的浪漫爱情了，樱子却只能握着电话等斌斌的消息。一起开开心心地过了这么久，现在突然安静下来，她还真的有些不习惯。

斌斌终于给樱子发短信了：樱儿，我后悔了！时间过得好慢啊！要什么时候才能熬到假期呀！要是能像以前一样带着你去兜风，该多好啊！

臭斌斌，什么时候变得这么肉麻了？其实樱子也是一样想他！抓起手机，手指飞快地打字，还没来得及发出去，却突然传来一个声音！

"我喜欢你！"

"啪！"樱子的手机掉到了地上，回头瞪着对方。

怪了，这家伙看着还挺眼熟的，在哪里见过呢？看上去长得还挺斯文的，怎么会开这种玩笑！这是夏日的午后，教室里挺安静的，大家都在休息。那家伙无聊地望着窗外，好像有蝉声传来。

"卓星？"樱子从自己的记忆里翻出这个名字。

"樱子，你有什么事情吗？"他说话的样子很平静，完全不像刚刚恶作剧的样子。

"没事呀！我只是看你一个人呆呆地看窗外很无聊的样子，怎么了？失恋了？"

"开玩笑！我恋都没有恋，怎么失恋呀！"卓星笑得有些不经意。

"哦，那你为什么不开心呢？"他只是无所谓地笑笑，看样子，他是心虚了，不知道该说什么才好。

"看你这张苦瓜脸，我们来玩个游戏吧！就玩你先前的真情告白怎么样？"樱子故意逗他。

"先前的事情你别误会，我和同桌玩游戏，输了就要找个人来表白，你可千万不要生气呀！"看来他还是有点自知之明的。

一

其实卓星并不是那种捣蛋鬼，相反，他生平最看不惯的就是那些玩世不恭的家伙。他认识的人也不算少，但能谈得来的就不多了，愿意聊聊的，也不一定有话可说。

早在刚进校的时候，他和樱子就已经见过了，首先是在开学典礼上，樱子有发言，而后是在影视厅，卓星进去时，就只有樱子旁边还有个空位。

"嗨！我可以坐你旁边吗？"他问她。

"没有什么不可以的。"樱子给了他一个甜甜的笑。

"你很爱看电影吗？"他只知道她学习很好。

"很喜欢啊！"

很简单的对白，谁都没有特别留心，只是想不到过了两年，他们居然成了同学。卓星和樱子都不是那种特别聒噪的人，没事的时候偶尔聊上几句。

"想知道我以前看见你的时候是什么感觉吗？"

"什么感觉？说来听听。"樱子的确有点好奇。

"你要做好心理准备，别飘了。一、好可爱；二、好爱看电影，我在影视厅见过你多次；三、好天真！你对谁都那么好吗？"

"什么天真啊？你是不是有求于我呀？"

"没有啦！只是想和你聊聊天。"

卓星其实也挺八卦的，他会和樱子说一些自己的事，或者是最近的新闻，他最喜欢的孙燕姿自然也不会少了。樱子对什么都好奇，自然也就很乐意听。

阳光暖暖的午后，樱子漫无目的地走在操场上，广播里传来温馨的歌曲，即使不是给她点的，但听着也挺甜的。

"樱子！是谁给你点的歌？"一个熟悉的声音响起。

"珉哥？你什么时候来的？"

"有一会儿了，见你一个人在这里听歌，还挺陶醉的样子，就没有打扰你。"

"这歌不是给我点的，但我喜欢听，谁让你们都不理我的！"

"喂！人家可是专程前来关照你的，你这一脸幸福的样子，就不牵挂斌斌啊？"

"人家怎么就不牵挂了？难道非要看见我哭你才高兴吗？"

"好了！这是斌斌给你的，打开看看。"

"什么东西？好神秘的样子哦！"樱子按捺住心中的激动，打开礼盒。展示在她面前的是一枚漂亮的胸针，蓝色的背景上是"SHMILY"的绚丽字符，正好围住他们甜甜的笑脸。不名贵，却别出心裁，"SHMILY"是属于樱子和斌斌的恋爱语言，还有一个人，他也明白，只是他知道那不是属于他的。

"好漂亮！"珉珉轻声赞叹着，"想不到是一枚胸针。"

珉珉给樱子小心地戴了上去，久久地盯着，那"SHMILY"里的世界，曾有可能是属于他的！他猛一摇头，抑制住心中那可怕的念头。

"好看吗？"

"很漂亮！很好看。"

"谢谢，珉哥。这个创意很不错。我要回去了。我要给卓星看看，妒忌死他。"

"小心别人笑话你。"

"但卓星不是别人啊，他是我的好朋友！谢谢你，珉哥。"樱子转身就跑。

"樱子！"他叫住了她。

"有什么事情吗？"

"周末我带你去兜风！"

"好啊。"

珉珉看着她蹦蹦跳跳跑进教学楼，方才无奈地离去。

"卓星！"樱子从天而降，使劲一拍他的肩膀，然后双手叉腰，挺直腰杆。

"樱子，你干吗？"

"难道就没有看见什么吗？再看看！"

"真没看见什么呀！你这也不是新衣服啊，干吗这么夸张啊！"

"这个呀！说你笨，你还真笨！"

"哦，这枚胸针啊！是你的照片做的吗？这个男的是谁呀？你男朋友吗？"

"当然，我的斌斌最好了。"

"如果有一天，你发现你喜欢的人也没有那么好，你会怎么办？"

"你好奇怪哦！干吗这么说。"

"随便说说嘛！我只是觉得你和别的女生多少还是有些区别的。"

樱子跑回座位，准备上课，卓星还是若有所思的样子。


# 三


"樱子你在磨蹭些什么呀？我等得花儿都谢了！"

"我这不是下来了吗？"

"真拿你没办法，快点走啦！"

珉珉带着樱子，飞驰着离开城区，直奔青山绿水的郊外。

"珉哥，这回你准备带我去哪里啊？"

"向前看看！"

樱子一抬头，眼睛立即就直了。

"珉哥，前面有瀑布！你看，你看嘛！那边的河里还有小鸭子哦！看看嘛！"

"别乱动，妨碍我驾驶！"

"哦。"樱子乖乖地松开他的胳膊，一个人傻傻地东张西望。

"珉哥，我们就在这边停车好不好？这里好漂亮哦！"

"等到了目的地你就知道什么叫漂亮了。"

"哼！"樱子不服气，但也没有办法。

"丫头，你睡着了吗？到了！"

"前面还有条河哦。"

"岂止是条河！'珉珉得意地说。

"哇！瀑布哦！好大、好高的瀑布哦！瀑布上面是什么？我们爬上去看看吧！"

"好啊！"

四周满是青翠的竹林，"月"字框似的围成了一圈儿！那瀑布倾泻而来，大嘴张开，水流潺潺地滑落，偶有凸出的岩石。朦胧的水雾升起，直接为竹林增添几分神秘色彩。美景让樱子不自觉站住，产生无限遐想。

　　"怎么样？漂亮吗？"珉珉轻声问道。

　　"嗯。"樱子点点头。

　　"不要站在入口好不好？你看前面的建筑像什么？"

　　"嗯，会不会是龙宫？"

　　"你很会联想啊，虽然不对。"

　　"哥，这里好多垃圾，谁在这里野炊了吗？真是破坏环境，亵渎美景。"

　　樱子看着满地垃圾义愤填膺。真想不到，如此美丽的地方，也逃不过世俗的污染，怎么能不叫人心疼？

　　"没办法，那些所谓的野营者，周末或者假日到这里来散心，却不知道应该多爱护着环境一点，不是所有人都像我们一样文明有礼的。看！那个就是你所谓的龙宫了！"

　　"哦，好像是几口大井，还有大柱子，怎么有这么大的井啊？"

　　"傻瓜，这是水库啊！"

　　"原来如此，前面有水声，是什么？"

　　"去看看不就知道了？"

　　"哇！大瀑布！"

　　樱子拉着珉珉跑到跟前，水溢出堤坝，形成一个巨大的水瀑，水敲击在石壁上，轰隆隆地发出巨响。水雾缭绕，洞内的色彩十分瑰丽。

　　"累吗？丫头。"

"有点儿，你说斌斌也能来该多好啊？"

"又忍不住害相思病了？也是，你要不思念他，反而不正常了。"

"这还不是怨你。"

"关我什么事情？"

"谁让尔总喜欢和他在一块。看见你当然就会不由自主地想起他了！"

"看你这说得有条有理的，但有一个坏消息，本来还以为是好消息呢，被你这么一说就成了坏消息了。"

"被我说成坏消息的好消息是什么呀？"

"我决定复学了，手续都办好了，而且在你们班。"

"你说真的吗？这也不算是什么坏消息呀！"

"是在你们班呢，所以你以后天天都得见我了，这还不算坏消息？"

"哇！好棒耶！到了我们班上，我给你介绍个朋友，他可是我的好哥们儿。"

"有点期待哦！"

# 四

"卓星！为什么你总来这么早啊？"

"没事可干啊！看样子，你今天很开心啊！有什么好事吗？"

"我哥要到我们这个班来了，一会儿我介绍你们认识吧？我保证你见了他一定会自卑！"

"看你多得意！我才不信呢！"

"看了你就知道了！他来了！"樱子拉着卓星起身，冲到门口，很多小女生已经开始窃窃私语。

"珉哥！"

"樱子！"珉珉刮刮她的鼻头，微笑着看她。

"哥，他就是我的朋友——卓星，他叫珉珉，是我哥！"樱子高兴地为他们引见。简单的问好、握手过后，班主任已经进来了。

"珉珉，你先到那个位置坐吧！"班主任指着卓星的后座说，而后是向班上的同学宣布他成了这个班的一员。掌声很响，那些小女生拍得都很卖力。

　　课上到一半，珉珉突然小声叫樱子。

　　樱子瞄了一眼老师，回了句："上课时间谢绝闲谈！"

　　"现在是下课时问了，你能跟我说话了吗？"

　　"我也正准备找你呢！把手伸出来！"

　　"你干吗？"珉珉好奇地伸过手来。

　　"我打，你都忘了你来干什么了吗？"

　　"YES！"珉珉立正站好行了个礼。

　　"好了，回去上课。"樱子像刚训完话的教官，转身离开。

　　珉珉真的就此老实了很多，加上他的天资还算不错，要搞好学习应该不难。

　　"樱子，珉珉以前是念哪科的？"卓星好奇地问。

　　"计算机。"樱子简单地回答。对于珉珉玩世不恭的形象，她也不好过多解释，说得越多，别人好奇心越重。虽然珉珉当初是因为突然生了病不得不休学，可他现在这模样，怎么看都像是被劝退的。

　　"哇！那他岂不是很聪明？我看那些东西一点也没有难倒他，他好像比你还厉害哦！"

　　"他聪明，我竟很笨了吗？可恶！我也能轻易解决这些小问题！"

　　樱子抛下笔，一个人生着闷气。

　　"樱子，这个给你吃。"珉珉变出一粒糖来。

"休想用一颗糖果收买我！"

"你怎么啦？我才来几天，你就如临大敌？"

"只是想告诉你别那么得意，这个世界到处都是竞争！我已经决定向你挑战了！"

"你挑战我？放马过来！"

"好，期中见分晓！"

"一言为定。"珉珉和樱子击掌。

珉珉依旧是哥哥，樱子依旧是小妹，卓星也很快成了他们的伙伴。对于学习，卓星还是不紧不慢，樱子比以前下的功夫大多了！而珉珉似乎比较轻松，但成绩一点也不比他们两个差，看来他的确比较聪明。樱子就有些搞不懂了，到底为什么，她怎么努力来努力去，还是一点上风也没占着？

"哈哈！丫头，你还这么拼命读书呀？"

"珉珉，你知不知道你这样会吓死人的？"

"好了啦！陪我去散散步！"

"不去！我还没把作业做完呢！"

"哦，是吗？那你做好了，给我借鉴一下！"

"想得倒是很美，你到底有没有想过要努力学习呀？"

珉珉不再和樱子浪费口舌，拉住她就往操场跑。

"停下来！我跟不上了！"

"这个是奖励你的！"珉珉从口袋里掏出一盒巧克力，樱子的脸色才勉强恢复。

"谢谢你的巧克力，据我所知，你不是那么爱送礼物的人，有什么事先说了吧！"

"真的没什么，就是想和你一块儿出来吹吹风。现在斌斌这里了，我不陪你，谁来陪你呀？还记得那边个小林子吗？可惜已经没有樱花了。"

"那有什么关系呀！明年春天，樱花还会再开的！我记得那是你第一次夸我的地方，也就是在那一天我认识了斌斌。说起来，我还得感谢你。"

"很多东西都只能是回忆，回不去了。"

"喂！别搞得这么伤感好不好！"

暖暖的午后，樱子和珉珉的打闹声传出老远。

# 五

樱花漫舞：斌斌，你在那边过得怎么样？

冷冷冰冰：不好，一点也不好！

樱花漫舞：怎么回事？别吓我呀！

冷冷冰冰：想你呗！不过你也别太担心了，我在这边也认识了几个朋友。珉珉最近怎么样？

樱花漫舞：他呀！跑到我们班上来了，还老和我作对，你什么时候才回来呀！

冷冷冰冰：乖啦！记得要想我！

樱花漫舞：我有空就想啊，只是一直都比较忙。呵呵！

冷冷冰冰：你呀！拿你没办法。

樱花漫舞：好啦，不聊了，我得去上课了。

冷冷冰冰：宝贝，我是你永远的后盾！吻别。

"你们两个有没有感到酸呀？我可是牙都倒了。"

"珉珉，你好过分，这样很讨厌！"

"樱子，在和谁生气啊？"卓星忽然说。

"还能有谁！"樱子没好气地回答。

樱子掏出一颗糖果，塞给卓星，把他给打发了。但是，他很快就又回来了。

"你不是走了吗？"

"是呀！我可是特地折回来通知你，有个叫角儿的女生找你。"

"谢谢了。在哪里？"

"她说叫你到教室的阳台上。"

"角儿姐姐！"樱子从后面抱住了她，她们已经很久没见了哦！

角儿和樱子的专业本就不同，宿舍分开后见面的时候就很少了。

"好了，好久没看见你了，来关心你一下，最近过得还好吗？有没有和你那个珉哥斗嘴？"

角儿还是那个长袖善舞的姑娘，不管在哪里，都能游刃有余。

刚刚和角儿分开，橘子和小桃又来找樱子了。

"樱子，看在我们姐妹的情分上，这个忙你一定要帮。"

"橘子姐姐，你能不能直接切入正题？"

"帮我追卓星！"

"啊？！"樱子刚刚喝下去的牛奶差点又吐了出来，橘子居然看中了卓星？什么时候的事情？她怎么不知道？

"好妹妹，你就帮帮我啦！"

"不是，你身边的追求者还少吗？干吗非要找我朋友？"

"那些只是一厢情愿啦，又不是我喜欢的人，你帮帮我啦！"橘子一个劲地软磨硬泡。

"好了！你要我怎么帮你？真是不明白，我们都是一个班的同学，你要追求他，机会多的是，干吗非得找我呀？"

"你难道不知道，他是以高冷出名的？每一次还没走到他身边，他就已经转移阵地了。樱子，你以后就在他面前多提提我，等他心里对我有了一定的好感，再找他做朋友，应该就容易些了吧？"

"好，我尽量……"樱子勉为其难地答应了。

"耶！谢谢！"橘子抱住樱子，亲了一下。

# 六

"樱子，我们是不是要讨论一下学习问题了？"

"怎么了？想找我帮忙就直接说嘛！"

"也不是啦！就是我记得你有买过词典，想跟你借一下啦！"

"没有，你去找橘子吧！我的工具书都放她那里了。"我突然想起了橘子的请求。

"谢谢了。"卓星礼貌地走到橘子面前，樱子立即给了她一个眼神。

"你有什么事情吗？"橘子礼貌地问，卓星支支吾吾半天才说出话来。

"那个，我想问你借一下词典。"

"哦，好哇！你等一下。"橘子看看樱子，樱子快速地把书从桌子底下递了过去。

"来，给你，拿好哦！"橘子甜蜜地笑着。

"谢谢，很快就还你。"卓星接过书，奇怪地瞪了樱子一眼，吓得樱子急忙低下了头。

"樱子，还你书。"卓星很快就把词典放到了樱子面前。

明明是你自己的书，还说借别人的！"

"我哪有啊！我只说放在她那里。东西放她那里就归她管，这点道理，你难道不明白吗？"

"你当我没看见你的小动作吗？"

"那又如何？你想怎么样？"

"这个问题应该由我问你，你想怎么样？我对她没兴趣！"

"自作多情，我也没说人家对你有兴趣啊！"

"那最好！"卓星狠狠地瞪了樱子一眼，转身离开，吓得樱子一身冷汗！

"樱子，怎么了？"橘子紧张起来。

"什么怎么了？当然是穿帮了呀！"

"好妹妹，拜托你了！看在我们多年的情分上，你就帮帮我！好不好嘛！"

"好啦！"樱子实在受不了那丫头的软磨硬泡了！

"谢谢你！"橘子抱着樱子的脑袋，在她额头吻了一下。

"樱子，我都不生气了。你还生什么气啊？"卓星敲敲她的头。

"谁跟你生气了？"

"好了，没事了吧！你应该知道，我讨厌有女生说喜欢我。"

"喜欢一个人又没有罪！"

"但被喜欢的人也没有罪啊！被她们这样喜欢，我很心烦啊！"

"为什么觉得心烦？你有心上人了？"

"差不多吧！但我知道我和她是不会有结果的。因为我知道她永远不会爱上我！"

"她有心上人了吗？我认识吗？"

"嗯，不和你说了。以后别让橘子来破坏我们的友谊了！OK？"

"知道了，该上课了。"樱子调皮地撇撇嘴。

"樱子，你和卓星都说了些什么？"

"怎么了？"

"人家只是好奇嘛！为什么他那么排斥别人，却偏偏和你这么聊得来，而且还有那么多话说！"

"你什么意思？难道你怀疑我和他有关系？"

"我也不想这么认为呀！但是大家都这么认为！"

"对呀，樱子，你还没听说吗？还是你本来就……"

"你们两个一唱一和的，什么意思呀？我可没招惹你们呀！"

"我只是想提醒你，怕你受伤害！"

樱子心里郁闷极了，他知道橘子和小桃虽然人刁蛮些，但也不是爱搬弄是非的人，难道别人都在怀疑她吗？樱子拿出手机，想看看斌斌最近在忙什么。

樱花漫舞：斌斌，我好想你，很想很想的那种。

冷冷冰冰：宝贝，有人欺负你了？珉珉不是和你在一个班上吗？

樱花漫舞：珉珉哪有时间管我啊，不要给我找麻烦就已经很不错了！好想念你在身边的日子。

冷冷冰冰：你放心，等国庆的时候我就回来看你，到时候还会有意外的惊喜给你哦！现在你就好好睡一觉吧！

樱子握着手机，看着斌斌的信息，心里甜甜的，也痛痛的。虽然别人都说距离产生美，可是，也有相思催人老啊！

# 七

"珉珉，这是你的新机车吗？很漂亮哦，载我去兜兜风吧！"

"对不起，已经约人了。"珉珉很直接地回绝了小桃。

"是樱子吧？你看她和卓星下来了。"

"樱子，放学了准备去哪里啊？我们去兜兜风吧？"

"好啊，卓星那你只有自己回去了！拜，我爱周末！"

"嗯，拜。"卓星的脸色似乎不太好看，但这并不影响樱子的美好心情。

"珉哥，今天我们去哪里呀？"

"去'天涯海角'吧！今天刚刚退潮，有贝壳和螃蟹。"

"好啊，那你有没有做什么准备？"

"一会儿你就知道了。"樱子掀开头盔风挡，尽情地享受秋风的阵阵凉意。

"到了吗？"樱子伏在珉珉耳边问他。

珉珉轻轻地笑笑，停下了车。

美丽的沙滩，刚刚退潮，沙滩上密密麻麻留下许多贝壳。樱子跟着珉珉脱掉鞋，向水边走去。

"珉哥，你说的八爪动物在哪里啊？为什么我怎么都找不到啊？"樱子趴在地上搬弄着小石头。

"到这里来，我教你。"

"脚硌得慌。"

珉珉把站在水里的樱子背到了草地上。

良久，他像做了很大决定似的，盯着樱子问："是不是放弃了什么，就永远失去了什么？"

樱子愣了愣，恍惚间明白了什么，侧过脸，扯出一抹笑，"珉哥，其实现在的生活也很好啊，我就很喜欢。"

一阵沉默过后，珉珉也扯出一抹笑，指着不远处说："你看，那边的小孩在做什么？要不要过去看看？"

"珉哥，那是螃蟹！快帮我抓啊！"樱子在岸边高叫着。

"姐姐，我给你一只吧！"抓螃蟹的小孩子很慷慨地给了樱子一只螃蟹。

"你怎么半天也不能抓到一只！快，你旁边！"

"在哪里？"珉珉笨手笨脚地找过去，"我明白了，我眼神不好。要不是我不知道珍惜，心上人也不至于成了别人的女朋友。"珉珉一语双关地叹起气来，樱子一时间不知道该说什么好。

"珉哥，天色不早了，我们回去吧！"樱子扯开了话题。

"嗯。"他灼热的目光注视了她半分钟，终于点了头。

夜里，樱子躺在床上，期待着斌斌的信息，凌乱的心情，只有他才能平复。

冷冷冰冰：樱儿，今天你的心情不是很好，是谁欺负你了？

樱花漫舞：没有啦！只是你不在我身边，很多事情，我不知如何面对，早点回来吧！我怕会失去你。

冷冷冰冰：干吗这么没信心？你放心，我很快就有大大的惊喜要送给你！你得做好心理准备哦。

樱花漫舞：你什么意思？

冷冷冰冰：早点睡，晚安。

樱子不明白，他到底有什么惊喜要带给她，珉珉最近又是怎么了……一想这些樱子的头就痛。

次日，樱子哼着小调，散着步，正前方有一群人，吓了她一跳。凑上去一看，顿时傻了眼。

"角儿姐姐，你怎么了？流了好多血啊！"

"樱子，到我们班上去给我请个假，我没事，谢谢你。"角儿强扯出一抹笑，安慰着樱子。她嘴角流着血，被几个同学扶着。

"这到底是怎么回事？"樱子着急地问周围的人。

"她在体育场学车，摔了，我们带她去看医生，你通知老师吧！"

"什么？麻烦你们先送她去医院，我很快就来。"樱子焦急地打着电话，找了半天才发现根本不知道角儿的班主任是谁，只好四处打听，好不容易搞定，就立马赶去看角儿。

急诊室的门紧闭着，里面是角儿呜咽的呼痛声，樱子的眼泪跟着流了下来。

紧张的时候，时间总是过得最慢，仿佛等待了漫长的几个世纪，樱子终于看见憔悴又安静的角儿了。认识她这么久，现在最安静了。她已经包扎好伤口，小腿上长长的一道，一看就不是小伤，她得在医院住上好一阵子。等到她的父母赶到，樱子才赶回学校。

"樱子，你怎么了？好憔悴啊！眼圈也红了。"卓星似乎很着急。樱子勉强挤出一抹笑，摇摇头，表示她还好。

珉珉轻轻拍拍她的肩膀，"丫头，出了什么事情？

"呜……"樱子趴在珉珉身上哭了起来，吓得他不知所措，只得用另一只手轻轻地拍她的头。良久，她才停了下来。

"快擦干净，马上就上课了。"大家都下意识地看了珉珉一眼，他只是调皮地笑笑。倒是卓星那忧郁的眼神让她隐隐约约感到不安。

# 八

无论什么事情，对小桃和橘子而言，都是一阵风。刚刚还在为角儿伤心，现在又开始念叨珉珉和卓星了。

"樱子，你反应天生就这么慢吗？还是你故意假装着不知道？"

"橘子，你说什么啊？你想要我明白什么？你难道就真的感觉不出来，卓星特别在意你吗？"

"小桃，你最好别瞎操心。"

"我们也知道你不喜欢他，但谁也不敢保证他不会喜欢你呀！"

"你凭什么这么说？"樱子盯着小桃问，她是真的糊涂了。

"就凭卓星看你的眼神，你就感觉不到他看见你趴在珉珉怀里哭，却没有理睬他，他那表情有多难看吗？"

"整个班，就你们俩观察得如此细致！"樱子感觉自己快要笑出声了。

"不是呀！我们当然相信你了，我们只是不太相信他。"橘子最后一句声音特别小。

"放心了，若他真有那心，我也一定无意！OK？我要睡觉了，晚安。"

樱子飞快地拉上被子，说实话，她被这两个丫头一提醒，想起那天卓星的目光的确很反常，要是他真有什么想法，她岂不是很难解释得清。真烦，她半夜还没睡着。

也不知道是不是小桃和橘子给闹的，樱子最近也觉得卓星越来越奇怪了，很多时候，他们正聊着，珉珉一走过来，他就闪开了又或者看见她和珉珉在一起，他就马上闪人！"他不会真的喜欢我吧？"樱子吓出一身冷汗。

"樱子，你在发什么呆啊？"一个人从背后拍了她一下。

"谁呀！卓星！你好吓人哦！有事吗？"

"马上有活动，我们一起走吧！你不会要等珉珉吧？"卓星试探着问。

"当然不是了，只是你最近有点怪怪的！认识这么久了，有什么秘密一定要告诉我啊？"

"嗯，一会儿就告诉你。该走了。"

卓星带着樱子跟上队伍，看上去他的心情应该很不错。卓星凑到樱子身边，很神秘的样子。

"你有什么天大的好消息要告诉我吗？"

"嗯，我有喜欢的人了？"

"什么？！谁呀？"

"你先猜猜看嘛！我怕说出来会吓到你，是一个你很熟悉的人。"

"我知道了！是橘子！她一直很喜欢你的！你是不是被感动了？"

"你再猜猜！"

"你最近也没和别人来往啊！该不会是……"樱子的一颗心都提到嗓子眼了。

"是谁啊？你该不会以为是你吧？自恋狂。"

"吓死我了。你还没告诉我她是谁呢！"

"你就再猜一次嘛！"

"真的不是橘子吗？"

"好啦！就是橘子！我以前说喜欢的那个人也是她，我之所以不承认，只是觉得她性子太外向了，我要是承认，肯定会被她弄得满城风雨。但我真的很想找个人分享，你不会出卖我吧？"

"不会，嗯，当然不会了，我们大家都是朋友嘛！"

"你千万不要告诉她！"卓星神神秘秘地说着，樱子做了几个深呼吸，"原来你一直喜欢的人是橘子呀！真是吓死我了。"

"你该不会真的以为我一直喜欢的人是你吧？哈哈！自恋狂！算了，记得要给我保密啊。"

"我发誓，但是，你最好还是早点告白。"

"你放心，我有数！"

"好吧，谢谢你这么信任我，我能做什么呢？只要保密就可以了吗？"

"你能不能牺牲一下？我不想让她看出来，我要在最合适的时间告诉她，你可不可以帮我？"

"你该不是要我扮你女朋友吧？我有男朋友！要是流言传到他那里，我该怎么办啊？"

"我知道这对你很不公平，但是只要和之前一样就可以了，行吗？"卓星哀怨地望着樱子，她不由得一阵战栗，犹豫了很久，但始终没有拗过他那重重的哀怨，轻轻地点了点头。

"我就知道你是最理解我的人，而且我知道你是不会出卖我的。"

"好了，我会尽力帮你的，不过我还是那句话，你要是真的很喜欢她，最好尽快告白！"这时，橘子和小桃摇摇摆摆地走了过来，樱子和卓星低下身去，本想躲过一劫，但那两个丫头可比他们想象的要难缠得多。

"卓星，你怎么老黏着樱子啊？你是不是爱上她了？我看见你在本子上偷偷写樱子的名字，你难道一直在偷偷暗恋樱子？"

"王小桃，卓星只是在帮我设计签名，我和他之间只是友谊，麻烦你弄清楚，别一天到晚就知道八卦！"樱子情不自禁地嚷嚷起来。

橘子的表情很委屈。

"算了，我也没什么好解释的。卓星，我们走。"樱子转身离开，卓星快速跟了上去。

"樱子，对不起，是我连累你了。"

"不关你的事，我和她们一直都是这么闹来闹去的，不要紧。"

"那我不打扰你了。"卓星走开了。

樱子趴在栏杆上，看着潺潺的江水，心里真的很不是滋味，被自己的朋友误会的感觉很不好，但若要她不管卓星的请求，她办不到！与其让她对卓星失信，她宁愿让别人误会。

# 九

郁闷！无聊！樱子最近可真不是很好过，橘子和小桃跟她在冷战，珉珉嘛！来了。

“樱子！你最近是不是有什么心事啊？”珉珉似乎格外关心她。

“没事啊，能有什么事情啊，只是斌斌很久没有音讯了，有点担心。”樱子最怕的人就是珉珉了，他最近真的一点儿也不掩饰！

“这糖，有点甜。”珉珉奇怪地摸出一粒糖放到嘴里，神色有些怪异。

“这糖甜不甜和我有什么关系吗？”樱子真的摸不着头脑。

“是吗？也对呀！有些话，只要我们能明白，也就不用明说了，对吗？”他越来越离谱了。

“什么话？和我有关系吗？你好奇怪，我该上课了。”

“樱子，他刚才和你说了些什么？”是卓星游离的眼神。

“没什么，乱七八糟的话，什么糖有点甜……”

“是吗？甜就好！”卓星的嘴角勾起笑，又像是苦笑。

“什么意思？不要告诉我那糖是你送的呀！那又怎么扯到我头上了？”樱子头都大了。

“是我送的！你帮了我这么大忙，我也要帮帮你呀！”卓星几乎是得意地点头。

“你是用什么方式送给他的？”

“用礼品盒，还在外面写了几个特别的字母。”

“什么字母？怎么个特别法？”

“别问得这么急好不好？‘SHMILY’，从你的胸针上抄的，你不是说很有意义吗？你不会又要怪我自作主张吧？"

"你？！你到底知不知道，他现在认为是我在送他糖！你都做了些什么呀！"

"我只是在帮你们牵红线，难道这样也不对吗？你难道看不出来他早就爱上你了？很多人都说他是为了义气才放弃你的，他现在后悔了，又回头来喜欢你，有什么不可以呀？"

"我有男朋友，我要正常的生活！上课吧！"樱子此刻的心情大概可以用一塌糊涂来形容。当然，卓星也好不到哪里去。

事情似乎一下子变得混乱起来，原本珉珉一直在大哥的位置上待得好好的，也不知道为什么最近开始疯狂试探，偏偏卓星还莫名其妙地搞助攻。哎，累死了，樱子打算趁着课间休息一下。

"樱子，你为什么要哭啊？"珉珉趁着课间跑到她身边。

"我没有什么事情，只是有点感冒打了个喷嚏。"

"你骗人，是不是怪我老和女生打闹啊？我以后改掉就是了！"

"你和谁玩关我什么事呀？我都说了没事啦！"

"SHMILY 的意思我早就知道了！"珉珉抓住她的手。

"麻烦你放尊重点！这里是教室！"樱子以最快的速度逃开。

"你是不是害怕面对斌斌？没关系的，这一切由我来处理！我不会再放手了！我保证！"他凝望着她。

"你搞什么呀？该上课了！"樱子避开他灼人的目光，她现在真的快要抓狂了。

珉珉终于回了座位，时不时给樱子一个甜蜜的微笑，每每此时，樱子就抓狂到想要一头撞死！她不可以就让他这么误会下去，但也不知道该怎么告诉他真相啊！祸不单行，珉珉接下来的消息几乎让她直接休克。

"樱子，你怎么还是不开心啊？我已经把一切都处理好了。"

"珉哥，你都处理了些什么？"

"我已经和斌斌说清楚了！"

"你怎么跟他说的？都说了些什么？他有什么反应？"樱子急得快要疯了。

"我跟他说了对不起，我说我喜欢你，而你也已经接受我了！你不知道该怎么面对他，所以就由我来给他解释！我们对他表示十二万分的抱歉，但请他原谅我们，并希望他能祝福我们！"

"他怎么说？"她只感觉天都要塌了！

"他说等见到你以后再说。我相信你！我们不会再错过一次的，对不对？我们就一起面对吧！不要害怕！斌斌是不会怪你的！"

"我为什么要怕，你又相信我什么？"

"SHMILY，你几乎每天都送我一盒糖，全用这个字符包装，就是怕我低血糖发作。我又不是白痴！我都能感受到的，我相信你是爱我的，你不会再离开我的，对吗？"

"如果我告诉你，我从来没有给你送过什么糖！你信吗？"

"你怎么还不敢承认？天知道我有多爱你！"他低下了头，准备亲吻她。

"不要！"她奋力推开他，"我真的从来没有给你送过东西，我和斌斌谈了两年，我也是真的很爱斌斌，我不会背叛他的！"

"不是你？真的不是你吗？那会是谁？是不是以前我桃花太多，让你没有安全感？好吧！我会证明给你看，我有多认真！"珉珉盯着她的眼睛，期待里尽是坚定。

樱子无奈地说不出一句话，看着他满意地离开，世界终于得到了片刻的安静。樱子抓起手机，她必须立刻和斌斌取得联系！长长的忙音过后是系统提示无人接听。

"斌斌！不要这样啊！这只是个误会，天哪！求你！"樱子无助地一遍遍拨着电话，一直到听见"您所拨打的电话已关机"。

# 十

　　樱子最近很烦，而且还不是一般的烦，好不容易有时间可以一个人散散步，走在林荫道上，漫无目的。

　　"天哪！你现在的样子很颓废啊！"一个久违的声音在樱子耳边响起。

　　"卓星，你终于出现了？不打算继续躲着我了吗？"

　　"我没有躲着你呀！只是在忙一些自己的事情而已！"

　　"托你的福！我可不是很走运！"她白了他一眼。

　　"我知道是我擅自行动，害得你不知道如何是好。我已经留言跟珉珉说明白了，他应该不会再误会你了。至于你的男朋友，你自己好好跟他解释一下吧！对不起啦！"

　　"你说得轻松！他们两个现在都不理我了！"

　　"那就发挥你的人格魅力，把人追回来！反正我是没有别的办法了，你自己搞定吧！记得幸福就是啦！"卓星说完就走人了。

　　"卓星！"樱子大叫起来，他转过身来，堆出一个灿烂的笑脸。

"干什么呀？他们都不理你，所以想找我试试吗？我才不要呢！"

"不是啦！我是说，谢谢！"她说得格外诚恳，虽然卓星的举动给她造成了很大困扰，但是他真的是希望她能好。

"谢什么？我走啦！"

"哦，好！"樱子无奈地望着卓星的背影，心里头说不上是什么滋味。

"我不想，我不想，不想长大……"手机忽然响了，是老妈来电，樱子赶紧整理好心情，飞快接通电话。

"喂，妈妈！"

"也没什么事情，就是有些想你，你在那边过得还好吗？"

"老妈，你怎么了？我很好啊。"

"国庆能回家一趟吗？"

"妈妈，车票很难抢哦，回来也待不了几天！再说，我还有事情呢！"

"放假都不肯回家看看老妈，你狠不狠心呀！"

"妈，我回来就是了。"

"好了，就这样吧！我们在家等你呀！"

"好的，妈妈再见。"

樱子挂上电话，做了几个深呼吸，老妈怎么会要求她假期必须回去？虽说她之前几乎都回去，但是偶尔不回，也没见妈妈这样呀！不管了也许是她特别思念她吧！反正现在大家都不怎么开心，回家看看没准儿还能散散心。

就这样过了两天，终于到了小长假。卓星不知道在忙些什么，珉珉每天对她视而不见，橘子和小桃更是跟她在冷战，樱子庆幸终于可以回家感受一点温暖了！

车票买在第二天，也不知道斌斌会不会回来看她，如果他还不肯理她，她该怎么和他解释啊！

天黑了，斌斌那边还是一点消息也没有！独自一人在宿舍住了一夜，天刚亮，樱子便踏上了回家的路。眼前的景物越来越熟悉，直到看见妈妈期待的身影。

"妈妈！"樱子跳下了车，拥抱住等待她的人。

"樱子，累不累？我们回家吧！妈妈有个惊喜要给你。"

"是什么样的惊喜？反正能见到老妈，已经是最好的惊喜了，逍呢？也不来接他的姐姐！还有爸爸，他在做什么？"

"你爸爸和逍都忙着呢！你放心，他们都等着你呢！"

"哦，好啊！"樱子跟着妈妈往家走，心情好得不得了，很快就到了门口，却见空无一人，心中又难免失落。

"妈妈，人呢？爸爸，逍！"

"我们在这里呢！"逍和爸爸出现在樱子面前。

"老姐你瘦了，是不是相思成疾啊？"逍逗趣着樱子，眉眼间已经是个小帅哥了！

"你打趣你姐！滚一边儿去。"樱子忍不住掐他。

"我哪有啊！人证物证都在，你自己看嘛！"逍帅气地一挥手，三个人影立即闪现出来，吓得樱子差点晕倒。

"这就是我要给你的惊喜。"妈妈笑着将斌斌推到樱子面前。

"樱子嫁给我吧！"斌斌掏出一个钻戒盒子，打开，单膝跪下，"对不起，我目前没有足够的资本为你买大钻戒，也不想用爸妈的钱求婚。这个虽然小了些，但这是我积攒了好久的一片心意，希望你能接受。"

"斌斌？！伯父、伯母！你们怎么会在这里呀？"樱子一下子乱了方寸。

"别打岔！先戴上看看合不合适！"斌斌见樱子没有回应，便迫不及待地抓起她的手，把戒指戴了上去，"我就说很合适嘛！好了，从现在起，你就是我的未婚妻了！"

"爸爸！？妈妈？！逍？！你们……"樱子一时间不知道该如何是好，转身准备逃跑，却被斌斌给拉了回来。

"想溜啊？只可惜我太了解你了！"斌斌朝众人打了个手势，而后把她拉过了客厅。

"你搞什么……"她还没来得及把话说完，他的吻已经堵住了她的嘴。直到她的呼吸变得艰难，他才肯放开她。

"别这么委屈地瞪着我，老婆！你好像很生气！是不是我的吻太霸道了？那好，给你个温柔点的！"说着又准备亲吻她。

"不要，走开呀！"樱子完全没有弄清楚现在是个什么状况。

"你怎么这么生气？你应该奖励我的！你都不知道，为了说服两方的家长，我费了多大的劲！还好我聪明，否则我还真不知道拿你怎么办呢！"斌斌摆出委屈的样子，樱子的神色马上缓和下来。

"现在的重点是双方父母吗？关于珉珉说的那些话，你不生气吗？你都多久不理我了？"

"我爸爸妈妈一直很喜欢你，这个你是知道的。至于你爸爸妈妈嘛！我也很奇怪，他们好像一早就知道我会去见他们，是不是你早就已经安排好了？"

"安排什么呀？他们都知道些什么呀？老天呀！到底发生什么事情了？"

"几天前，我独自来到这里，逍刚看见我，就飞快地跑进屋把爸爸妈妈喊出来了，我本来已经做好要用各种办法表示真心，请求他们接受我的准备了，没想到他们居然一点都没为难我。当他们知道我的来意后，还非常支持我的决定。后来才知道，他们老早就已经知道我的存在了，只是在等你自己开口而已。妈妈在帮你收拾房间时，发现你抽屉没锁，看见了我们的大头贴，还看见了你写的日记，他们知道你那么爱我，就不忍心再为难我们了！"

"不要说了！你是不是也看了？都看见了些什么？"樱

子已经羞红了脸。

"我看见你这样写的：斌斌好可爱哦，人又长得帅！我爱死他了，我今生都认定他了……"

"我哪有写这些呀！你胡说！"

"那你自己去看呀！所有人都好感动哦！尤其是逍现在不知道有多崇拜我！"

"我警告你，你要是把逍带坏了！我绝对不会放过你的！"

"你舍得吗？"

"算了，你真的不在意珉珉说的那些事情吗？"

"你问题还真多，你不是都发信息解释过了吗？说实话，当珉珉对我说你移情别恋的时候，我压根儿就不信！而且不管发生什么事，我都不会放开你的！怎么样？感动吗？"

"那你就不知道回复一下我的信息吗？"

"我真的好想去找你啊！每时每刻都想见到你，所以才不敢回你信息，我怕我精心准备了这么久的求婚计划，一不小心，就会忍不住全都告诉你。万一你直接拒绝了，我该怎么办？不过现在一切都好了，因为你以后就是我老婆了！"

"你真的不介意吗？"

"你真死心眼！我想扮一下伟大也不成，珉珉已经解释过了，还祝福我们呢！还有家长们已经准备好让我们星期五举行订婚典礼了！"

"我觉得，我应该再好好想想！"

"想想？想想什么？戒指都戴了，你不可以赖账的！我，我让妈妈给你说！"斌斌退出门去，很快樱子妈妈便进来了。樱子转过身，不理她。

"都这么大人了，还使小性子！"

"谁让你偷看我日记的！"

"对不起，我真的不是故意的！谁叫你房间总是那么乱！快整理一下，该吃饭了！"

"妈！我只是还不想……"

"就这么定了！"斌斌在外面等得急了，又蹦了进来，就是不给樱子发表意见的机会。


# 十一


樱子不知道爸爸妈妈是怎么被说服的，她可从来都没有想过要这么快就和斌斌订立终身契约啊！订婚，想想都让她心悸。

"樱子，你在想什么？"斌斌不知道什么时候已经出现在樱子身边。

"没想什么啊！"樱子小声地说，心虚得头也不敢抬，就怕一抬头，就让他把心思给看穿了。

"大家都在讨论我们订婚的事情，你有什么想法吗？"他这话一出口，樱子立马警觉地抬起了头。

"我们能不能先不订婚啊？我们都还年轻……也许你的人生还会有很多种可能……我……"樱子自己都不清楚自己到底在想什么，一时间说得相当结巴。

"你不愿意吗？"斌斌十分沮丧地问。

"我不是不愿意，只是觉得现在还不是时候，你看我们隔得那么远……"

"你说的问题对于大多数人来说，是很严重的，可是对于我们应该不算什么吧？还是你不准备要我了？"斌斌对于她的言辞直接采取无视的态度。

"我……算了，不说了，你让我静一静啦！"樱子明白，怎么跟斌斌说，他也不会明白她的顾虑，何况她自己也不太清楚在担忧些什么，只好无奈地闭嘴。

"那好吧，我过会儿再来看你。"斌斌乖乖地同意离开，只是在临走又俯身偷了一个吻。

樱子很清楚爸爸妈妈到底有多么固执，很难想象斌斌花了多大的力气才把他们说服，而现在她却要为了连她自己都搞不清楚的原因而拒绝他，这对他实在是太不公平了。可是珉珉误会她喜欢他的时候，那雀跃的神情始终叫她难以忘记，他甚至为她伤害了自己的兄弟，不知道这需要多大的勇气。
虽然事情的经过只是个误会，可是珉珉表露出来的感情不会
是假的，现在自己在家里开开心心地和斌斌准备订婚，不知
道他自己在学校又有多难过……

"不要想他！"樱子用力甩着自己的头，想让自己忘却
那些顾虑，她应该和斌斌订婚的，他们谈了两年，是彼此相
爱的，婚姻难道不是爱情最美好的归宿吗？每个女孩都希望
能嫁给自己最爱的人，不是吗？那就是斌斌，这个陪她度过
很多时光和低落时刻，现在满心满眼都是她的斌斌。分开的
这段时间，她也对他日思夜想，不论什么时候，这段感情从
来没有间断过，她是爱他的！她可以肯定，如果他受到任何
伤害，她都会比他还痛！

樱子努力想着斌斌的好，努力想着自己对斌斌的感情，
可是无法把珉珉给剔除干净，因为关于斌斌的每一个记忆里
都有珉珉的存在，而关于珉珉的很多故事都是只属于他们两
个人的秘密。她还很清晰地记得第一次见到珉珉的女朋友的
时候，她有多么难过；也还记得每一次坐在珉珉身后的时候
的安全感是斌斌给不了的；同样记得珉珉看她时深情的眼神。
他其实和她一样，都很害怕失去，所以樱子当初不敢选择珉
珉，而他也不想放弃斌斌这个从小一起长大的兄弟。

只有斌斌的感情，最为单纯，爱就是爱，想要就会去争
取，不会为了任何理由退让。如此纯粹的感情樱子是舍不得

放弃的，何况她对斌斌说的每一句"我爱你"都是真实的，她真的很喜欢他，真的很想永远都和他在一起。可是她的脑子里为什么总会有珉珉的影子？是她太贪心了吗？还是她不明白自己的爱？

"啊！"樱子忍不住抱着头痛哭不已。

"樱子，你怎么了？"

"我没事，就是觉得很难受！我们能不能先不要订婚？"樱子用令人心碎的哀求眼神看着他。

"你要是不愿意我们也不会逼你的，你不要太紧张好不好？你看你满头大汗的，让人好担心！"斌斌示意樱子的爸爸妈妈先出去，再伸出手去摸了摸她的额头，"你看你都有些发烧了！看把你给吓得！"斌斌习惯性地揉了揉她的眉心。

"我是说我不想现在就订婚，为什么你还能笑得出来？你有没有在听我说话？"樱子焦急地强调着。

"我有在听啊，你还没准备好跟我约定终身，我理解啊，我可以给你时间，你要多久都行的。"斌斌还是一副不以为然的样子。

"你不生气吗？你不怪我吗？"樱子还是不相信斌斌会这么看得开。

"实话说，我很生气，也很伤心！你看你把自己折磨成什么样子了？"

"我不是跟你开玩笑的！我是真的不想现在就订婚！"

"我也不是开玩笑的。"

"你为什么不怪我？"樱子最终哭了起来。

"我很想怪你！你居然不想嫁给我，我可是巴不得马上把你娶回去呢！不过，我又怎么能怪你呢？我又不能天天陪在你身边，如果就这样把你拴住，对你也确实很不公平。"斌斌故意说得很轻松，可是眼泪已经不合作地流了下来，他知道樱子为什么会犹豫，也许樱子自己都还不清楚，但是他就是知道，从一开始他就知道珉珉在樱子心里有多重要，只是他以为只要肯努力，就没有办不成的事情，但是事实证明，他还是失败了。

"对不起，斌斌！对不起！我不是故意的！我从来没有骗过你！我真的很喜欢你！只是我还没有准备好！对不起，斌斌，请你不要哭好吗？"樱子解释着。

"我知道你很喜欢我，我也从来没有怀疑过你对我的感情！因为你是樱子，这个世界上独一无二的樱子，只是很多感情，你可能还区分不出来，我不会怪你，也不会放弃你，我是你的斌斌，会永远守护你的斌斌，会支持你一切决定的斌斌！"他的眼泪还在脸颊上挂着，微笑却挤了上来，每一句话都说得很骄傲。

此刻，樱子不知道自己还能做什么，只是把头埋进斌斌怀抱里，放声哭泣，她能感觉到斌斌的心跳，坚定执着，是那种让她不得不为自己的犹豫感到自卑的坚毅，也是她忘不掉的幸福感觉，可是就是给不了她订婚的勇气。

# 江南烟雨

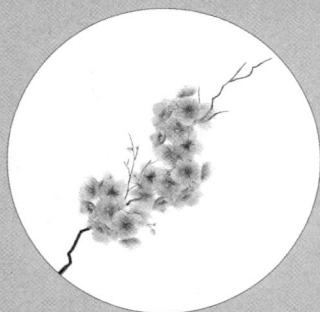

一

　　樱子带着满心的愧疚回到学校，卓星已经把座位搬到最靠后的角落，珉珉也不见踪影，没有办法只好去他家找了。

　　"樱子，你来了？快去看看珉珉吧！也不知道他在学校出了什么事情，这几天都在喝酒，太吓人了！"樱子刚刚敲开门，珉珉妈妈就着急地跟她说珉珉的情况。

　　"伯母，你放心，我一定会让珉珉好起来的！"樱子保证道，虽然她现在一点儿把握都没有，但是这毕竟是因她而起。

　　来到珉珉的房间，也不敲门就直接闯了进去。

　　"没人教过你进门之前要敲门吗？"珉珉带着满嘴的酒气说道。

　　"你难道不记得我从来没有敲门的习惯吗？"樱子不甘示弱地回应他。

　　"跟你的心上人订婚很开心吧？"

　　"斌斌是你的兄弟，你们可是从小一起长大的！"

　　"我曾经还有个妹妹呢！可是现在却不知道到哪里去了，

你有没有看见啊？看见了叫她回来见我啊！"

"你胡说些什么呢？我不是已经站在你面前了吗？"

"不是你，她比你漂亮，比你单纯，比你重视感情！你不是她……"

"好了，我丑我坏我无情，你要怎么恨我都没关系，只是拜托你不要继续喝酒了！伯母很担心啊！"

"担心？还有人担心我啊？他们什么时候也开始关心我了？"

"你不要这样，否则我就不理你了！"

"那你滚啊！门在那边……"珉珉摇晃地指着门口的方向。

樱子一急，转身就准备离开。

"等等！"珉珉一把将她拉了回去，"你记着，你不是我妹妹，斌斌也不是我兄弟！以后永远不准到我家来！我讨厌没经过我允许，就直接闯进来的人！"

"斌斌没有错啊！你何必要连带他一起记恨？"

"想让我不恨他？那也可以！做我的女人！"珉珉话没说完，就直接掠上了她的红唇。

"你疯了！"樱子被他压住完全没有挣扎的力气，费了好大劲才勉强说出三个字。

珉珉完全不理会她说什么，不仅不肯停住唇齿间的掠夺，手也开始在她身上肆虐。

"啊！你个浑蛋！"当他的手粗暴地伸到她胸部时，樱子痛苦地咒骂出来，却无计可施。

珉珉突然停止了动作，只是愣愣地看着她。

"你想干吗？你疯够了没有啊？"

"我很想笑啊！哈哈哈……你真以为我会对你感兴趣啊？哈哈哈……你放心，你对我毫无吸引力！"

樱子跳起来给了他一巴掌，随即快速转身离开。

刚走出大门，眼泪就忍不住流了下来，她不知道自己到底是因为难过，还是因为生气！

第二天，珉珉就正常去上课了，除了看起来比较憔悴之外，完全看不出异常。只是他和樱子已经不像当初那么开开心心地相处了，两个人像不认识一样，有时候能看到珉珉望着樱子的背影发呆，有时候樱子也会望着珉珉的背影发呆，大家虽然好奇，却没法从他们这里知道更多，日子一久就都习以为常了。

只是那个快乐无忧的樱子和风流潇洒的珉珉，都已经不复存在了。

# 二

当新学期来临的时候，珉珉直接换了专业，从此离得樱子远远的。卓星也变得更加沉默了。为了不至于太寂寞，樱子只好继续跟着小桃和橘子待在一起。

已经有好几天没见到珉珉了，因为樱子已经好几天没去找他了，日子过得很平淡，无所谓快乐和不快乐。橘子身边的人都多少会对樱子好些。

橘子现在的男朋友叫江南，很诗意的名字，也很文雅的男子，和其他人一样，他也爱屋及乌地对樱子好。

趁他们在一边谈情说爱的空档，樱子走到院子里透透气。

"樱妹妹，你在想什么？"在她脑袋一片空白的时候，忽然听见这样一句问话。是江南。

"想透透气！"

"你的声音好温柔哦，让人心疼。"他说这话的感觉，很像电视里言情剧中的情节，她却想笑。

"我温柔？应该是冷冰冰吧？对了橘子姐姐呢？"

"她上厕所，我也要陪着吗？你想事情太入迷了！"我感觉得出，你很不一般！"他说得很诚恳，虽然她感觉这只是恭维和某种做作。这时，橘子走了过来，脸上的笑容很妩媚。

"江南，樱子，你们在聊什么呢？我可以听吗？"她摇摆的身姿在樱子旁边停住，每次自己和她的男朋友说话，她都是同一个反应，她既然不喜欢自己和她的男朋友有交集，又为什么总要带着自己。

"姐姐，你别逗了，好吗？"

"好好好！我就随便问问，看你那小样儿。饿了，我们去吃饭吧！"

江南看看樱子，然后说："樱妹妹，我们一起去吃饭吧！"

在这种情况下，她通常都是不能拒绝的。

和江南、橘子一起走进饭店，看到满屋子的情侣，樱子忽然感到极不自在，食欲也跟着大打折扣。

"樱妹妹，你太瘦了，多吃点！"江南夹过一块肉放进她碗里，樱子下意识地去看橘子。肉应该是很可口的，可是她却不知所措。江南看了她几秒钟，才转过头去为一边的橘子夹菜。见橘子没有生气，樱子才不疾不徐地继续吃饭。

而后的时间，樱子依旧不近不远地跟着橘子和江南，好不容易趁他们不再关注自己，樱子赶紧抱着一本现代文学躲在墙角慢慢地啃着。

"橘子，陪我去参加我哥的婚礼好不好？"当江南邀请橘子参加婚礼时，樱子正在啃她的苹果。不巧的是，电话铃偏偏响了起来。橘子接完电话，神神秘秘地把樱子叫到一边。

"樱子，我的前男友打电话要我去见他，他自残啊！怎么办？"

"那你就和江南商量商量，不去婚礼了吧！"樱子也没什么好办法，橘子无奈地对江南说了不去。

"你要是不陪我去，我就不去了，反正我哥结婚，又不是我！"向来成熟稳重的江南突然赌气起来。

"可是我们真的还有事啊！"橘子急得不行。

"那你们去办事吧！"江南委曲地欲放她们走。这种样子，让樱子感觉他很像曾经的珉珉，只是这种成全永远得不到好的结果。

橘子的前男友并没有做什么过激的事情，当她们赶到时，他正神采飞扬地打篮球。

"樱子，你觉得江南现在在干吗？"

"又开始忆江南了？如果我的第六感没出差错，他可能还在原地。"

"什么？你快帮我去看看！"橘子紧张起来。樱子不疾不徐地往江南的方向走，不出所料，他真的还在原地。

"江南哥，你真没去参加你哥的婚礼啊？"

"一个人去多没意思，还不是要被他们催婚。要不，就请樱妹妹陪我走一趟吧？"

"我倒无所谓，只是，我怕橘子误会。"她并不惊讶他开这样的玩笑，只是没想到他居然真打电话给橘子，而且还取得了同意。

这会儿，她不仅不知道他在想什么，更不知道橘子在搞什么鬼了。或许，她只是无暇分身吧！

和江南一起终于到达了目的地。这一路，她一直没找到合适的话题。倒是江南一直打听橘子的情感问题，樱子尽可能简单地回答他。她总感觉他身上有那种江南烟雨一样的神秘气息。

婚礼中除了刚开始有人过来打听他们的关系，被江南以"小女生脸皮薄，大家别吓到她！"为由挡了回去，其间，真的再没有一个人和她说话，这倒让她省了不少事情。等散场时，樱子把什么喜糖喜果都收拾好了，连同江南一起交给橘子。总算完成任务，她也没和他们一起吃晚饭，便独自一人离开了。

走到电话亭边，发现有人掉了张电话卡。一回头，却见珉珉正站在她身后。

"嗨，这几天没我来烦你，过得还好吗？"她硬着头皮给他打招呼。

"也没几天啊！手里拿的什么？"他盯着她，表情很酷。

"IC 卡啊！"她一头雾水。

"我就知道是你！现在让我抓到了，你还不认！"他的样子很严肃，但她还是不知道怎么回事。

"珉珉，你到底要说什么？我好好地惹到你什么了？麻烦你把话讲清楚！"

"我讲得不够清楚吗？难道不是你每天上午十点左右打电话给我女朋友，搅得我们不得安宁吗？"

"你神经病！我连我老爸的号码都记不住，还记你女朋友的电话？你未免也太高估我了吧？十点钟你不用上课，我还要上课呢，你是不是有病啊？"她一次喊出这么多话，强忍住眼泪。她是真没想到，他会一口否定他们这么多年的感情，她什么也没做啊！用最后的一点力气回到橘子身边，整个人依旧是气鼓鼓的。

"樱子，怎么了？哪里不舒服？"

"没事。"她待在墙角，竭力保持平静，任由泪水冲刷着满心的委屈。

"樱妹妹，你怎么哭了？橘子，你看她哭得好伤心！"江南在一边转来转去。她这才发现，在这里哭会干扰到江南和橘子。

"樱子，你怎么了？是谁惹到你了？告诉我！我一定不会放过他的！"

"我只是不明白，为什么他会一口咬定是我！我真的没有给他女朋友打过骚扰电话！"

"谁呀？是你的好哥哥珉珉吗？他说你给他女朋友打

电话？"

"樱妹妹，别哭了，还有我和橘子会照顾你！你这样，我们都很心痛！"

"对呀！你别难过了，一会儿，你买个礼物，笨笨熊，你最爱的那种！"橘子竭力地想安慰，而江南也使劲地点点头，似乎想让她看见，他是真的关心她。她知道这里也不是她该待的地方，于是找个理由，逃离了他们身边。

找了个安静的角落，樱子开始释放她的眼泪，冰冰凉凉的感觉，难得的清静。一滴泪落到手背上，像颗水晶球，里面还有一张流着泪的极其陌生的苍白的脸。这是她吗？她怎么这么狼狈？她的刺呢？她不是小刺猬吗？没有了！哥哥没有了，斌斌也走了。就算他的爱再坚定，可是距离实在太遥远了，什么都丢掉了，她成了一只没有刺的刺猬。现在她终于知道疼痛的滋味，或许，心碎才是爱情最美的样子。

不知道过了多久，她又出现在橘子面前。

"樱妹妹，你可出现了！你知道我和橘子有多担心你吗？"江南似乎很紧张。

"我找个安静的角落哭了一场，哭过之后，就可以变坚强了，现在我不是笑着回来了吗？"她惭愧地解释着。

"你知道我们有多担心你吗？就为那样一个男人，值得吗？天下的乌鸦一般黑，为他们流泪不值得！"橘子说得咬牙切齿的，江南似笑非笑的表情望着她。

"看什么看？不服气吗？本来就是嘛！"橘子依旧理直气壮，这应该就是恃宠而骄吧！

"现在是樱妹妹受了伤，我们应该想想怎么安慰她，而不是讨论男人好不好！"江南尴尬地笑着。

橘子还想再说什么，樱子赶紧岔开了话头："好了！我都不伤心了，姐姐你也别拿江南哥开涮了！"

"行，我给你挑了个礼物，去看看喜不喜欢！"从橘子的表情就能看出，江南一定大放血了。果然不出所料，是那种她期盼了好久的超大号笨笨熊。

"樱妹妹，喜欢吗？橘子说你一定会喜欢的。"

"谢谢你，橘子姐姐最好了！我好喜欢哦！"

"呵呵，我也有一只，怎么样？"橘子拿出一只特大号的兔子玩偶，足足是她这只笨笨熊的两倍。

"虽然比我的要大得很多，但，很一般哦！"

"你？！你敢说它不漂亮？"

"我没说，你知道，我只爱笨笨熊的嘛！除了它，什么都一般咯！"

"了解，把它们全抱回去，我还有事，不准哭了！抱好。"于是橘子手里那只大大的兔子又转移到了她怀里。因为同时抱了两个大玩偶，所以回头率高得出奇，逼得樱子飞奔进了宿舍。

# 三

　　和珉珉的关系比刚开学时更陌生了，就算樱子刻意去找，他也会避而不见；小桃永远都是来去无踪；橘子虽然有照顾她的习惯，可是也有自己的事情要忙。想起曾经那些快乐的时光，为什么人总要长大？为什么长大了就会失去那些简单的快乐？

　　樱子一个人走在林荫道上，在这梧桐叶凋零的时节，居然还有一种不知名的树来维持"林荫"这个词。树上开满了一簇簇的黄色小花，风吹过来带着一丝凉意，那树便瑟瑟地抖了几下，而后便是满天的黄花飞舞着。那是树儿哭了吗？因为她太伤感？还是因为风儿太无情？

　　她想，应该是后者吧！只有恋上风儿的花朵，才会有如此凄美的场面。樱子突然感觉一阵没来由的心悸，心口开始缩紧，呼吸也跟着困难，世界在一点点缩小，或许……

　　"樱妹妹？樱子！你怎么了？你脸色好苍白，我扶你休息一下，我去联系橘子。"

　　是江南，他看起来很着急，语气也很紧张，只是她眼前一片朦胧，看不见他脸上是何表情。脑袋异常清醒，努力想要笑出来表示没事，可是她再也没力气笑了。想不到这个时候出现在她面前的，居然是非亲非故的江南。

　　她有种轻飘飘的感觉，也不清楚自己是怎么进入江南的寓所的，还没来得及弄清楚周遭的环境，她便沉沉地睡了。当她醒来时，看见了橘子那张圆圆的苹果脸，这说明，她还活在这个世界上。

　　"樱子，好些了吗？你知道我有多着急吗？你体质这么差，刚刚又跑了那么远，难怪会晕倒！"橘子的关心里掺杂一点点责备，满脸都是焦急。

　　"对不起，好姐姐，让你担心了！"樱子强撑着站了起来，在她面前转了一圈。

　　她走出屋，发现这里是个很农家的那种院子，小小的树苗上面有些露珠儿，摸一摸，冰凉冰凉的。阳光柔柔地照下来，一点点驱散着这一地的寒气。只是她还是觉得冷。

　　已近夜晚十点，她不紧不慢地穿过几条走道，往江南的寓所走。今天上午他和橘子吵了一架，原因是橘子接受了别人的挑战，准备带兄弟去"理论"，而江南不许，可橘子哪里肯听，最后还是去了，而且还没回来。在五分钟前樱子接到她的电话，说事情已经摆平，江南电话关机，她自己暂时不会回来，让樱子过去报声平安。

　　不知不觉间，她已经来到江南的门前，当她说明来意，江南并没有太大的反应。他一直都很绅士，倒是他身边那个叫风旋的男生，意见挺大的。

　　"你跟你姐姐感情真有这么好吗？值得你这么晚了还来为她跑腿送口信？"她感觉这个人似乎有点不怀好意，但是，她不打算和他纠缠。

　　"是的！"樱子骄傲地告诉他，很希望他别再啰嗦。

　　"但是，如果你跟你姐姐爱上了同一个男人呢？"他狡黠地笑着。樱子一时语塞，这是她从不曾思考过的问题，但很快，她就给了风旋一个答案："首先，你这个假设是不成立的，因为我早就已经找到我想要的爱情！其次，我是理智型的女孩，我从不容许自己爱上一个不该爱的人！再次，就算有这种可能，我也会毫不犹豫地退出，永远消失在他们的世界里！"樱子骄傲地说出这些话，一如橘子这个姐姐，一直都是她的骄傲。

　　她跟风旋对峙的整个过程，江南都不曾说什么，直到最后才转过身来，对她笑，很深沉那种，而后递给她一个青苹果，然后送她回宿舍。夜深了，所以这条路显得格外冷清。初冬的雾，让那盏小路灯更加朦胧，这是她第二次和江南独处，和第一次一样，他们的话题一直以橘子为中心。

　　"江南哥，我自己回去吧！这里已经是我们的宿舍区域了。"樱子提醒他，因为前面就是宿舍前那条种满梧桐树的林荫道了。江南叮嘱两句，转身离开。

她继续走，转到梧桐路上。刚才和风旋说的话，还清晰地回响在耳边。"我绝不会爱上不该爱的人。"是这样的吗？珉珉和斌斌呢？哪一个是该爱的人呢？

# 四

难得的阳光明媚，好久都没有呼吸过这么清新的空气了，樱子的心情也好了不少，希望日子能一直这么祥和。镜子里映出一个她来，上次生日珉珉送她的藕色运动服和今天的天气相得益彰。

这已经是她第 N 次在珉珉家门口等他了，只是以前她都是直接进去，现在却站在门口，虽然伯伯、伯母已经叫过她了，可是她还是想在门口等，一直等到珉珉请她进去为止。

"珉哥，早上好！"她对他轻轻地微笑，回答只是凉凉的"嗯"，她没有介意，继续自己准备好的话题。

"珉哥，你是不是还是觉得我给你的女朋友打了骚扰电话啊？"他回答得很直接："不是。"语气很冻人，虽然早有预料，心底还是忍不住一阵疼痛，或许，他们的信任真的是太少了!

"那我问你,如果你有个亲妹妹,你会包容她、迁就她吗?"她问完才发现他正狐疑地看着她,没有太多的惊讶。这个表情只维持了一秒钟,他依旧用冰冷的语气说:"你又想干吗?"仿佛在强调,她一直都在无理取闹。

"我,我想做你妹妹!"语气应该很轻松,声音却带了点颤,她感觉有快要窒息的感觉。珉珉用狐疑的眼神瞄了一眼。她深吸一口气,迎上他的目光,很郑重地告诉他:"我是认真的!不是胡闹,更没有发神经!"

"你本来就是我妹妹啊!"话仍旧是淡淡地,但他暗舒的一口长气,她却看得很清楚。

"那你还会像以前一样对我好吗?"她内心很忐忑,因为她也感觉自己脸皮太厚了些。

"我有对你不好吗?"珉珉刮了刮她的鼻子,是久违的逗趣与亲切,她忽然有点想哭,费了好大力气,才把眼泪给收回去。

又和珉珉一起走在熟悉的街道上,她很热情,见到熟人就主动打招呼,并且忍不住告诉对方,珉珉是她哥哥,或许,她更想告诉的是她自己吧!

和珉珉走过一条又一条熟悉的大街,又去了熟悉的网吧!和往常不一样的是,他们没有坐在一起,也不再过问对方玩着什么或者和什么人在聊天。

正当樱子觉得上网也很无聊的时候，却见斌斌的头像是亮着的，习惯性地就连了视频。

冷冷冰冰：宝贝，你怎么了？谁欺负你了？怎么眼圈有点红红的？

樱花漫舞：没有啊，我新化的妆容啦。

冷冷冰冰：真的是这样吗？如果有人欺负你，你可一定得告诉我。我还是感觉你太憔悴了，最近发生了什么事吗？

樱花漫舞：不是说了没事了嘛！你别太担心我了！

冷冷冰冰：一定有什么事情是我还不知道的！

樱花漫舞：真的没有什么事情。我又做回了珉珉的妹妹，我们还和以前一样一起玩，他对我还那么好，我一直都好得不得了。

冷冷冰冰：你不愿意告诉我就算。你记住，我一直都相信老天是眷顾我们的，不会任由我们的感情被别人伤害！

樱花漫舞：真的很好。珉哥也在线，你如果不信就去问他吧！

说完这几句，她快速隐了身，心情也更加沉重了。明明是她最期待的人，为什么现在却没有办法令她开心？她也不知道是哪里出了错。好像是当斌斌突然带着父母出现在她家，说要与她订婚的时候，她就心虚了，她真的有那么爱斌斌吗？她真的想要永远和他在一起吗？那珉珉呢？一个人可以同时爱两个人吗？

在音乐网上找了老半天，终于找到一首歌，仿佛是特地为她而写的。那是江美琪的《亲爱的你怎么不在我身边》，温柔缱绻的歌词，正是她要对斌斌说的话。情绪慢慢开始不受控制，泪水又一次流了下来，她打开分享，让斌斌也一起听。

樱花漫舞：斌斌你为什么要去那么远？我不知道，你走以后，谁来陪我度过每一天，我要跟谁去撒娇，谁来提醒我天冷需要加衣服，谁每晚送我回宿舍……

冷冷冰冰：宝贝，我爱你！乖，别难过，别哭，我只是暂时离开，很快就会回来，到时候我依旧会送你回去，会陪你每一天。我知道你从小就怕孤单，请你等等我，等我毕业了就再也不离开你，好不好？

泪水仍然在流，脸上却努力挤出笑。

樱花漫舞：我没哭，我知道你一直都对我好，我也知道你有多爱我，我只是想你了。

冷冷冰冰：宝贝乖，我很快就会回来的！

樱子来不及回复，就匆匆下线，走到楼下，把泪水都擦干净，而后对着超市的玻璃窗挤出一个笑，继而转身去见珉珉。

"珉哥，我们该回学校了！"

"和斌斌聊完了？"他笑着看她，说得语重心长，"樱子，我从来没有怪过你，你放心，我不会让你孤独，我会代斌斌好好照顾你。我也知道斌斌和你分隔两地，你会伤心，但是你要学着坚强！这个世界有太多无奈，没有谁能永远陪谁。"

"我知道！我们现在应该回去上晚自习了。"

珉珉还是珉珉，樱子还是樱子，校园还是校园，珉珉高兴的时候，她也附和着他的高兴。但今天的珉珉有点惆怅，他点起一支烟，很呛人的味道，樱子皱着眉头，终是没有说什么。

"你大嫂什么都好，就是爱吃醋，她盘问过我好多次，她很妒忌你。她对我真的很好，上一次我感冒，刮着大风，她好不容易找到我，把一件帽衫送给我，我说好丑，她就哭了，一边哭，一边骂我没良心。每一次吃醋，她都会哭上好久。"珉珉自顾自地讲着自己的女朋友。

"那你就多陪陪她，女孩子嘛，都是要哄的。"

"女人就是麻烦。"

"那也是你自找的麻烦！我要回去了！晚安！"她笑着说，那笑容在转身的瞬间被心酸取代。

樱子现在每天的事情就是和珉珉一起去吃饭，去他的教室门口、家门口等他，兴奋时忍不住还会拥抱他。

今天要做的事情，是陪他去买鞋，一起穿越那条熟悉的街，也不知道是什么时候手拉在一起的！

走过人行天桥时，有人在卖刚孵出来的小乌龟，樱子心里好奇，却又不好意思说，好在珉珉看得出来。

"要是真喜欢，买一对吧！"珉珉利落地给她买了一对拇指大小的乌龟，虽然长得比较丑，但是丑得可爱嘛！当她还在为这对小动物惊喜时，珉珉却不知道跑哪儿去了。

"珉哥！珉珉？"她叫了起来，怪了，这儿的人也不算多啊！再说了，这么短的时间能跑多远？

"傻瓜！我在这儿！"珉珉手里拿着一串儿冰糖葫芦。迫不及待地接过来，飞快地将冰糖芦葫塞进嘴里，从嘴里到心里都是甜甜的味道。

# 五

橘子约了江南又临时有事，惹人不高兴了，让樱子去帮忙道个歉。樱子实在不明白，为什么橘子爽约，却要她去道歉。独自一人走在冷清的小路上，她才发现天居然已经这么冷了，原本遮天蔽日的树荫，竟然变得萧条起来，今年的冬天，来得好早哦！

"江南哥！"樱子终于走到了。

"樱妹妹，你姐不是说到我这儿来吗？怎么就你一个人来呢？路那么黑，天又这么冷，要是有点什么意外，该怎么办呢？"

"江南哥，姐姐临时有事要办，来不了，怕你不高兴，专门让我过来跟你说一声。"

"樱妹妹好不容易来一趟，就多坐会儿吧！待会儿我送你回去！"樱子乖乖坐了下来。

"樱妹妹，别老是一个人到处乱跑，不安全。虽说这是学校，但我也会为你担心的。"她不知道他这话是何意，下意识地把它归结为是爱屋及乌的关心。

"江南哥别担心，我很小就已经独立生活了。"

"老实说，听你叫我第一声哥哥时，我就觉得特别亲切，以后你就做我妹妹好吗？跟橘子无关，就单纯地做我妹妹，好吗？"

"好啊。"点头时未经过思考，好像江南与生俱来的儒雅之气让人自然卸下防备。

"好妹妹，你在想什么？"江南唤回她的思绪。

"我该回去了。"

"那好吧，我送你！"江南起身跟她一起往回走，很快就到了宿舍楼下。

"已经到了啊？这条路可真短。"江南状似失落地道。

"啊？还短啊？不过，还是谢谢你，江南哥。"

"晚安，樱妹妹。"

# 六

橘子最近都挺忙，珉珉和女朋友似乎处得还不错，樱子的身边就剩下小桃，这个糊里糊涂却又潇洒可爱的女孩。

"小桃，你最近在忙些什么啊？能不能带带我！"

"好啊！你终于肯离开那个奇怪的珉珉了！"

"承蒙指教啦，好想知道你的朋友都是些什么人？"她快速岔开话题，不知道为什么，小桃对珉珉特别反感。

"就几个哥们儿，挺漂亮的小男生。"

正如小桃所说，挺漂亮的小男生，而且还挺幽默的。更巧的是，他们的盘踞之所，竟然是江南的隔壁。反正江南也认了樱子做妹妹，倒是他身边那个风旋，总叫人有一种极不舒服的感觉，不知道他这种莫名其妙的敌意从哪里来。

就在这段时间，突然听说珉珉被橘子说服，放弃了他的女朋友，不又如此，橘子还成为他最最重要的妹妹。

"樱子，怎么一天到晚都见不到你的人哪？听你姐说你跟她男朋友玩得挺 happy 的，是吗？你不怕斌斌会伤心吗？"

"啊？！"珉珉见面就问，弄得她不知所措。

"怎么了？不是这样吗？"珉珉的目光咄咄逼人，他自己和谁在一起樱子从来不问，现在他却要替别人审问她。

"当然不是！我一直都是和小桃在一起！她和她的朋友可以为我做证的！"

"真搞不懂你们两个！"他的眉头紧皱着，脸色也很难看。

"那么你只相信她了？如果是这样，你来质问我，就是想要给我难堪吗？"

"你别这样！我一直都相信你，不然不会来找你，我也支持你交朋友，但你不能不顾忌别人的感受。"

"好了，别说了，我都听懂了。"说来说去，珉珉认为樱子勾搭了橘子的男朋友，其实这段时间樱子都没有跟江南有什么来往。

"我不是这个意思！"见樱子震惊又失落的样子，珉珉多少有点慌乱。

樱子不想继续和他纠缠，做了好几个深呼吸，方才生硬地转移话题。"你的腿，那天是不是受伤了？"

"呵呵，没事，亏你还记得！"珉珉脸上的阴霾还没散去，勉强露出一抹笑。

两个人有一搭没一搭地聊了一会儿，就各自转身离开了。

现在樱子什么都怕，害怕见到珉珉，甚至害怕回宿舍，因为会遇见橘子，那个做了珉珉的好妹妹的橘子，那个有本事让珉珉放弃女朋友的橘子……

"樱子，小王他们明天请客，叫你一起去！"在樱子心神恍惚之际，小桃冲了进来，嘴里大声嚷嚷着，生怕她听不见似的。

聚会时，这伙人都有饮酒的习惯，樱子忽然想起珉珉也曾喝得烂醉，一种莫名的冲动冲击心脏。樱子端起酒杯，走到了中央位置。

"感谢各位的款待，我先干为敬！"樱子说完，一口干了。空杯的瞬间感觉喉头发麻，胃液翻腾，原来，烈酒的味道是如此令人难受，所有的心情一起涌上心头。她知道，她清醒地醉了。

"小桃，我先回去了。"

"你能行吗？胃能承受吗？要不要我送你？"

她努力地摇摇头，跌跌撞撞地奔回宿舍，重重地趴到床上，享受浑身轻飘飘的感受。脑子里盘桓着最近的人和事。橘子，这个曾对她很好的女生，现如今却取代她成为珉珉的好妹妹。斌斌，那个满心满眼都是她的男生，现如今不仅是物理距离，就连心也远隔山海。珉珉，那个被她藏在心里最隐秘的位置，叫了两年多哥哥的男生，似乎一直没有变过，看似对她不错，实际就数他最为凉薄。

"啊！好痛啊！"胃部一阵剧痛把她惊醒，一睁眼已经到了第二天，只是昨夜的酒精仍在捣鬼，刺激得她肠胃痉挛，头痛欲裂。

洗漱过后，樱子便跟着小桃去找那些伙伴玩儿，今天的情况不太一样，他们的邻居——江南终于开口和樱子说话了。

"樱妹妹，都到这儿了，进来坐会儿吧！"那个叫风旋的人正好也在，原本挺帅的脸，却总让她觉得笑里藏刀。当然，也可能是她太过敏感。

"樱妹妹，你最近怎么总是闷闷不乐的呀？橘子口口声声心疼妹子，怎么也不陪你！"江南愤愤地说着，风旋也在一旁帮腔，只是他的目光未免太狡黠了。

本来，只是跟江南吃顿饭，那个风旋老是在旁边讲一些莫名其妙的话，搞得整个气氛无比奇怪。

晚些时候，珉珉得知樱子前一晚喝了酒，带着橘子出现在她面前，像是有点生气，也像是有点心疼。

"樱子，我告诉过你，不要喝酒，很伤身体的，而且，你胃又不好。"

"放心吧！我死不了的。"她浅笑，和他客气而疏离地聊一会儿后，看着他们消失在她的面前。

这天，樱子一个人四下转悠着。

"樱子？"走过林荫道时，忽然听到有人在叫她，居然是角儿！

"角儿姐姐，真的是你吗？你怎么瘦了这么多啊？你知道你现在有多漂亮吧？你怎么在这儿？你过得还好吗？"樱子一口气问出一箩筐的问题。

"我也奇怪你怎么会在这里啊？我们的樱子越长越漂亮了！"不巧的是，橘子带着珉珉和他们的朋友走了过来。为了避免尴尬，樱子和角儿道了别，姐妹感情也只得以后再叙了。

"樱子，我们去吃饭，你干什么去？"橘子问她，完全没有要她一起去的意思。

"我随便转转。"樱子轻轻地说，快速转身，不再多看他们一眼。

"你们去吃饭吧，我去陪樱子。"珉珉居然跟了过来！有没有搞错啊？回看一眼橘子的目光，她相信自己没听错。只是所有人都盯着他们，很尴尬。

"那你们慢慢玩吧！"最后，还是橘子软了下来。

"那我们走吧！"珉珉过来拉她的手，被樱子巧妙地避开。

"为什么不和他们去吃饭？"

"因为我不想看见你一个人。"

"那我和她，谁比较重要？"

"一样重要，都是我妹子。"

"你可以不管我的，而且，你们本来也是要一起去吃饭的，你这样中途离开，他们会说你的。"

“我从不介意别人的看法！橘子还有很多人陪。”

“这么说，你是在同情我这个可怜虫了？”

“我没那么无聊！而且巴不得有人来同情我呢，哪有工夫去同情别人？”

“我要去上网，可以吗？”

“你说什么，就做什么！”

真是难得的迁就，今天珉珉怎么了？不管了，得过且过吧！

斌斌居然在线，好像只要她上线，他就一定会上线似的！

冷冷冰冰：宝贝，好久好久没有看到你了，过得还好吗？有没有想我？

樱花漫舞：我经常都在想你呀！

冷冷冰冰：你和珉珉还好吗？他有没有好好照顾你？

樱花漫舞：非敌非友，非亲非故，要他照顾什么！

冷冷冰冰：看样子他又惹到我家宝贝樱子了，那就不理他！如果有时间，可以到我这边来玩，我随时恭候。

樱花漫舞：等有时间再说，谁叫你跑那么远！

冷冷冰冰：你要好好照顾自己，我很快要上课了，再见，记得跟我联系。

只要一想起斌斌，樱子就免不了要伤心难过。如果他还在这里，也许就不会有这么多事情了，可惜……

和珉珉玩了一下午，很累，也很乐，趁着夜幕时分，一个人好好散散步。

"樱妹妹，怎么一个人散步啊？看起来心情很好啊！遇到什么好事了呢？"是江南，带着神秘的微笑。

"没有啦，你有事吗？"

"嗯，我，如果我偶尔说了些谎话，你还会认我这个哥哥吗？"江南小心地问着，搞得她一头雾水。

"无所谓呀！我也没什么值得你欺骗的，不是吗？"

"其实，我从没喜欢过橘子，我想你也很明白，她也只是和我玩玩而已。"

"你为什么要告诉我这些呢？你忘了我和她是姐妹了吗？再说，你们是不是真的互相喜欢跟我又有什么关系！"

"我只希望你离她远一点，你那么单纯，我一直把你当作亲妹妹，怕你受伤害。"

"是吗？谢谢。"

江南依旧笑着陪樱子散步，好几次樱子试图将他支走，都没有成功。

"樱妹妹，你难道不觉得橘子对你的好是一种利用吗？"江南还在试图说些什么。

"有什么关系呢？我也没什么可利用的，如果双赢，就更好了呀！"

"你太单纯了，如果有一天你妨碍到了她的幸福，她就不会这么对你了！"

"你不觉得你这样说她不适合吗？就算你们不是真爱，也不应该当着她朋友的面这么说她。"

江南愣愣地看着她，没有再说话。

空气就这么凝固了好一会儿，江南才又找到话题。

"樱妹妹，你最喜欢什么动物？"

"嗯，小乌龟吧！踏踏实实的，不怕伤害，也不怕孤独！"

"那我送你一只好吗？"

"啊？！"她怀疑是自己听错了，但他真的给了她一只小乌龟，很可爱，圆圆的脑袋，圆圆的硬壳，不像之前那对。

"江南哥，你看上去很珍惜它，怎么舍得送给我啊？"

"这算什么啊！如果樱妹妹想要天上的月亮，我也会想办法帮你摘下来的！"

"谢谢！"不用想也知道他这话有多假。

她没有要江南送，手里捧着乌龟，慢慢地往宿舍走。途中，听见几个人在讨论着什么。"珉珉就为了那个莫名其妙的丫头，连兄弟都不要了，惹得橘子那么好的女孩难过，真是的！"

樱子的心被撕裂着，满脑子在想："他们是在说我吗？我很莫名其妙？和我一起，对我好点，就很过分吗？好可怕！对不起，珉珉，是我连累你了，我会把属于你的东西还给你的！"

# 七

"樱子，星期天还起这么早，有约会吗？"

"出去走走！"

"哦，玩得开心点。"樱子附和两句就出了门，一路上随便乱逛，不知不觉就转到了江南的寓所。

"江南哥，起床了吗？"她小心地敲门，风旋开了门，江南洗漱去了。

"当然起来了，你真是不简单，知道你要来，他连懒觉都不睡了，你姐可没这么大魔力啊！"

"别开玩笑，樱妹妹早！"她还没来得及回击风旋，江南就已经帮她解了围。

"江南哥早。"

"樱妹妹，今天有什么安排吗？"

"No，我还在为此事烦心呢！"

"那让我陪你出去逛逛好吗？"

这样好吗？不知道，反正也叫了这么久的哥。于是乎，她点头了。

行程是随机的，吃饭、逛街、爬山，还去滑了一会儿旱冰，最后还拍了两张照片。直到下午三点多才想起来吃午餐。饭刚吃到一半，电话铃响了，是橘子。

"玩得开心吧？不打扰你了！"只此一句，随即挂断，只留下一串诡秘的冷笑声。

"别管她，继续吃饭。小乌龟还好吗？"江南也猜到打电话的人是谁，故意转移话题，樱子也懒得深究。

"很好啊，就是挺懒的，都不怎么动。"

"那当然了，不然怎么叫乌龟呢？你要好好照顾它哦。"

"我会的。"

饭吃了完便返回学校，刚到操场角，就遇到了橘子。她脸上有笑，却是很诡秘的表情。

"玩得开心吗？"

"还好，有什么事情吗？"

橘子从手机里翻出一条信息，是风旋发给她的：为什么我可以为了朋友不越雷池半步，而你的姐妹却背叛你？

"我不想听你解释什么，但是，请你想一下，要是别人知道你勾引江南，会是什么结果？"

樱子知道橘子说的别人特指珉珉！但她不想背黑锅："我没有抢你的男朋友，他当我是妹妹，我敬他为大哥，没做过什么，也没想过什么！"说完，用难得的骄傲从橘子身边走过。

　　樱子早就感觉风旋有问题，只是没想到他会这么卑鄙。倒是橘子，她明明已经很久不和江南来往了，这时候又表现得像个怨女，说到底也不过是因为她的自尊，不允许别人和她不要的人靠近。

　　夜，橘子在和江南打电话，她嘶声竭力地大喊着："你为什么总是回避我，每次叫你来玩你都说很忙，却有时间陪她玩一整天？你还担心她受伤害，说什么兄妹之谊，你们是血亲吗？"

　　不管他们怎么吵，樱子都没打算参与，因为她什么也没做过，这些也跟她没什么关系。橘子越说越气愤，樱子听厌了她的咆哮，一个人摸进网吧去找寻清静。

　　江南偏偏在线。

　　樱花漫舞：你现在怎么有时间上网？

　　江南烟雨：不是本人。

　　樱花漫舞：我知道了，你是风旋！

　　江南烟雨：你怎么知道的？

　　樱花漫舞：你为何那样对我？为何制造那些谣言？

　　江南烟雨：因为我想取悦她，爱一个人没罪。

　　樱花漫舞：就算她和江南分手，也不会轮到你的。

　　江南烟雨：我知道。你不是喜欢江南吗？那我们何不做笔交易？你得到江南，我也能得到她。

　　樱花漫舞：我不会做这种无耻的交易，而且，我对江南没兴趣，你死心吧！

江南烟雨：可是他喜欢你。

樱花漫舞：我相信他不是那种人，我们是兄妹。

该知道的都知道了，该说的也说了，把这些拷贝下来，拿给橘子看，至于她信不信，那都不重要。

橘子看了只是轻轻地摇头，微笑着说："他比我以为的要聪明得多。"淡淡的语调，猜不出深意，樱子也无心去猜，转身离开。她明白，就算天天见面，她和她也很难回到从前了。跟橘子有关的男人，她想她再也不会见了。

橘子再一次站在她面前的时候，显得很憔悴。看着她，樱子依旧能感觉到自己的心痛。

"樱子，"她开口了，声音有些哽咽，"我和江南和好了，你可以继续做她妹妹吗？看见他难过，我真的很伤心，你也会心痛的对吗？"她期待地问她。

樱子摇头道："对不起，我再也不会做他妹妹了！"

这是实话，再也不会了，不论他是否无辜，她都不会再做他妹妹了。

橘子和江南、樱子和橘子、风旋和江南，和初相识时一样交往着。只是橘子最终还是远离了江南，和珉珉等人打得火热。樱子很少出门，但还是不小心撞见了珉珉。

"听说，你和你姐的男朋友出了点事？"他质问着，眉头皱得很紧。

"没有，只是被人当棋子而已，我可以把'证据'发给你看。"樱子浅笑着，忽然感觉珉珉和她的距离已经太遥远了。

"有必要这样吗？我又没有不相信你的话，我说过，不管发生什么事，我都会为你做主，但前提是你行得端！"

"谢谢，你应该离我远一些，我知道你比较喜欢橘子，她并不希望我再和你们牵扯！"

"我心里你一直都是最重要的，而且我也从不介意别人的看法。"

樱子有些无语，慢慢地和他聊一些不着边际的话题。

夜很宁静，珉珉的目光始终是柔柔地落在她身上，可惜，太深邃，她读不懂。

早晨的空气冷得出奇，感冒随之而来。医务室的房间是一片死寂的惨白，她感觉有什么在向她靠近，却是他——珉珉。

"小样儿，叫你加衣服，你却爱漂亮，这下舒服吗？"他语气很轻快，像极了幸灾乐祸的往昔少年。这一片死寂被瞬间击得粉碎。

"当然舒服了，你要不要试试？"

"小鬼！"他虽然骂出声，仍旧笑着，然后慢慢坐下。她记得，他以前每次说"小鬼"时，总会伸手刮刮她的鼻子，但现在却没有。

　　这段输液的时间，珉珉一直待在她身边，两个人没有太多的对话，她睡着，又醒来，他始终以一种她看不懂的目光凝视着她。他曾经说，她是那种让人好奇的女孩，但好奇总归要变成平淡，就像现在，他们连适宜的话题都找不出来。

　　终于可以离开医务室了，珉珉说："丫头，以后别生病了，也别再让我知道你生病了！我都要抓狂了！"

　　"有必要这么大反应吗？"

　　"看在你生病的分上，我暂且放过你。想吃什么？"他笑的时候眼眯成一条线。

　　"去吃面好不好？方便面！好久都没有吃方便面了。"她突然心血来潮。

　　"好，你说什么就是什么！不过，你以后要少吃这些垃圾食品。"他笑着。她还没来得及说点什么，一个人影闪到了他们面前，是橘子。

　　"我也要！"她喊着，圆圆的脸上，眼眯成一条线，嘴角勾成一条弧线，很可爱。

　　"不可以！你不是刚刚还叫胃痛吗？"他微笑，习惯性地点点她的鼻头，她的脸上露出幸福的神情。但当她的目光转向樱子时，脸色就变了。

　　"不吃就是了！她说什么都可以，而我就不行！"她生气地说完就离开了。

　　珉珉最终没有跟橘子走，不知道是他舍不得樱子，还是他不喜欢妥协。珉玞陪樱子吃面，一边看着她笑，一边说以后别吃这东西，对身体不好。

这碗面很香，樱子连汤都没剩下，他就笑了："真搞不懂，你这么能吃，为什么还这么瘦？你姐天天节食，还不能瘦！"

樱子只能对他笑，总不能告诉他，她喜欢吃他买的方便面吧！

# 八

江南要离开这里了，樱子最后一次见他，刚巧是他买好车票的那天下午，风吹起一些干燥的灰尘，带着刺骨的冷，他站在风里，显得有些沧桑。

"樱妹妹，我要走了，这是给你的。"江南轻轻说着，那深邃的眸子里，仍是她不懂的语言。手里捏着一沓照片，是他们出去玩的时候照的，笑容满溢，似乎也让她陶醉过。

"谢谢，愿你一路顺风！"接过那些照片，不是特别沉重，反而缥缈而虚无。

江南就这样走了，那熟悉而又陌生的背影，渐渐消失在樱子的视线里，耳畔还有他的最后一句话："其实，那天和你

聊天的不是风旋，而是我本人，我只是想知道你心里是怎么
想的！"

她想笑，她一直以为风旋的心机太深，为了讨好橘子，
制造莫须有的绯闻；以为橘子为了自己的占有欲，做一些无
意义的事情。那么江南呢？她一直以为很美好的江南呢？

橘子听到这个消息时，脸上挂着冷笑，而后，她们相对
苦笑，原来她也不比樱子聪明多少。或许，生活就是这样，
不会像电视剧一样，到结局总能解开所有的谜，而现实就是
一直有许多的谜解不开，甚至不愿去解。好奇与好胜，终究
敌不过生活，就像斌斌、珉珉、天涯、角儿、橘子，甚至她
樱子，为什么像现在这样，现在又是怎么样，都不得而知。

她还是不知道该如何和橘子相处，只好独来独往，在这
种熟悉的安静里，她想一个人才是最完美的状态。

他的出现不在她的预料，一直让她伤脑筋却又故作轻松
的珉珉。她不知道该用什么词语来解释和他的关系，也不知
道她对他是什么感情，只是傻傻地，向他问好，回应他的问
话，跟随他走，最后，他们在一个熟悉的地方停了下来，是
他的家。

他又一次邀她进入他的房间，还是那么简单，一张床、
一张桌子、一台电脑，还有一些书，电脑开着，桌面图片居
然是她。应该是很久以前，视频聊天时照的吧。

"你还留着啊！"樱子低叹。

"我一直珍藏着。"珉珉笑着，怪怪的感觉。

樱子不知道该如何继续这个话题，只得随便翻翻他的书，很无聊。

樱子刚坐下五分钟，珉珉突然说他有点事需要出去一趟，一去就是两个小时。

等一个人的时侯，心情总是容易变得复杂，很多本该忘记的东西，都争先恐后被记起，包括珉珉的好和坏，也包括斌斌和天涯海角，越是美好的回忆，越能衬托现在的悲凉。

"嗨！在做什么？"一只手拍在她的头上，"都哭了，怎么回事？想到什么了？"是珉珉回来了，手里提着带给她的便当。

"没事。"樱子伸手摸摸脸，有些不识趣的冰凉液体流淌下来。

"带给你的晚饭。"珉珉把饭放到桌子上。

"我不怎么饿。"

"看你瘦得皮包骨头了，还整天不知道饿，不要整天想着保持身材，这样子就好了！"

樱子拿起筷子开始狼吞虎咽。

回到宿舍，她和小桃还没聊两句，珉珉就给她打来了电话："樱子，你快过来，你姐喝醉了，一直念着你的名字！"来不及多想什么，她便飞奔向珉珉说的地方。

橘子醉得一塌糊涂，无力地靠着珉珉，嘴里还念念有词。

看她这样子，樱子忍不住又是心疼。

"樱子，我不让你受伤害！不让人欺负你！"

"好了！别说了！没人欺负我，更没人伤害我！"樱子没想到橘子醉成这样子还念叨着她，她本以为橘子只是为了利用她，惭愧的泪水很快就滑了下来。

"樱子，你知道吗？你很漂亮，也很单纯，就像曾经的我。或许你已经讨厌我了，但我还是放心不下，你太单纯，我怕别人伤害你……"

"姐姐，你别说了！拜托！拜托你了！是我不好！"樱子的泪水像狂潮涌出来，有个人对自己好，叫她怎么能不感动！一时间，两个女生相拥着哭成一团。

"好了，你们俩别哭了！本来想让你来安慰她的，没想到你却跟着哭。"珉珉拍着她的背。

"对不起！姐姐，我们回去吧！"意识到珉珉等人的存在，樱子才想起来该带橘子回去了。橘子嘴里还在念叨着什么。

樱子好不容易把橘子弄回宿舍，赶紧打水来给她洗漱，换上衣服。

等樱子终于收拾好，小桃才凑过来。

"她怎么了？喝成这样？"小桃好奇地问。

"别问了！谁没有个伤心事。"樱子也不知道该怎么和她说。

"你们不冷战了？"小桃把眼皮挑得很高，做出难以置信的样子。

"我们是冷战吗？"

"切！不说拉倒。"知道问不出什么来，小桃顺手抱着樱子的笨笨熊走开。

看橘子醉成这样子，樱子真的很心痛，毕竟是因为她，她的惭愧又开始溢满心头了，虽然自己也在远处观望着她，却从不曾真的为她做过什么。

夜开始冷下来，脑子里全是和橘子一起的过去，多少个寒冷的夜里，她们头对头睡在一起，一伸手便可摸到对方。樱子无聊的时候总喜欢伸出手去，直到摸到她的脸。

# 九

樱子每天除了跟斌斌聊天，就是埋头读书。因着圣诞节的缘故，小桃和橘子很早就出去了，只有樱子一个人待在宿舍里。正当樱子无聊的时候，珉珉给她打来电话，请她去看电影。

也不知道是不是因为圣诞，宽阔的放映厅被塞得满满的，到处都是浓情蜜意的小情侣。

珉珉迟到了一会儿，来的时候电影已经开场了，他手里拿着个毛茸茸的玩偶，塞给她时很简单地说了句："给你的。"看不清他脸上的表情，她道谢，接下来是沉默。

手里这个毛茸茸的小狗狗很可爱，隔着包装胶袋也能捏来揉去，属于樱子喜欢的那种软萌系玩偶，抱在怀里暖暖的，感觉很好。樱子能感觉到珉珉在看她，吓得她屏气凝神，只盯着大屏幕，一动也不敢动。

待到电影散场时，珉珉送她回去，一路上樱子抱着怀里的玩偶，东看看西望望，俨然一个好奇宝宝，就是不肯给珉珉一个眼神。

"珉珉，这是你的女朋友吗？"经过一个橱窗时，珉珉的一个熟人突如其来地问。空气经历了一个短暂的凝固期，珉珉开口了。

"你问她吧！"珉珉嘴角微动，转头盯着樱子。

樱子吓得张大了嘴巴。对方却以为她是害羞才会不语。

"美女沉默呀？那就表示默认了？恭喜啊！"那个自以为是的家伙便像探听到什么了不得的消息似的，喜滋滋地离去了。留下樱子傻站着不知道下一步该怎么做。

"走吧！"珉珉终究是没有等到樱子的眼神，只好跟她继续往宿舍走。

樱子跟着珉珉走到宿舍门口，简单地告别，而后快速回到寝室。

第二日的冬日暖阳把樱子从被窝里叫了起来，等橘子装扮结束，樱子请橘子顺便帮她化了点淡妆，橘子笑她："又有约会了？"

"才不是呢！"樱子快速回击，只是珉珉约她出去而已。

珉珉今天的着装还挺讲究的，看着这样精心装扮的珉珉，樱子内心竟然毫无波澜。

"你今天真好看！"珉珉由衷地赞叹。

"谢谢。我们去哪儿？"樱子淡淡地回应，她话还没问完，已经被他拉着跑了起来，慌乱地跟着他往后山上去，在一片开阔的山顶草坪上停了下来。

真的很难得，在这么大一片松林中间，居然还有这么个大草坪。樱子依着珉珉的指引躺在厚厚的草坪上，看着蓝蓝的天，纯净得很通透，白云也似乎透明了，真的很难相信，这是冬天的天空。

"怎么样？"

"什么怎么样？"

"当然是环境了！"

"还好。"

"什么叫还好，大冬天，你上哪儿去找这么舒服的地方？"

"很棒！"

珉珉终于肯闭嘴了，只是没怎么看天空，倒是看着樱子。樱子无所谓，而是贪婪地享受着冬天里难得的温暖。

"该醒了！"一个声音朦胧地传来，樱子努力了好久才睁开眼。

"你睡得可真香，也不看看是在哪儿？"珉珉嘴角带着笑，佯装生气地责备樱子。

"哦，该回去了是吗？走吧！"

找了条捷径返程，一路上樱子仍是不多说，也不多问。珉珉送她到门口，好几次欲言又止，最终什么也没说。

最近日子过得特别快，元旦很快就来了，天空灰蒙蒙的，飘着碎碎的雨，世界都是潮湿的。樱子忽然很想家，很想有个亲人在身边，而后忽然想到了珉珉，那个她叫了两年多哥的人，她曾无数次希望他能够不仅仅是她哥哥，但现在她居然觉得他本就应该是她哥。

"樱子！"熟悉的声音响起，是珉珉，熟悉不过的懒散眼神眯成一条线，组成一个好看的笑容。

"珉哥，你从哪里冒出来的？我找了你一天都不见人，结果不打算找你了，居然自己出来了。"

"找了我一天？是有什么事吗？"

"没事就不可以找你吗？我只是想有个亲人陪我过元旦嘛！"

"那好吧，你要我怎么陪？"他的眼睛里盛满了笑意，不似从前的吊儿郎当，倒是透着几分宠溺，看得樱子赶紧别过脸去。

"也不需要怎么陪，我就是想去逛街了！"

　　珉珉带着樱子走遍常去的那几条街道。其间路过打折的酒庄，两人顺手买了瓶红酒，然后到一个竹亭里吹冷风，喝红酒。樱子虽然不敢看珉珉，却总能感受到他停在自己身上的目光，一如她曾经期待的那样。可现在，她却想，如果他能就这样一直当自己的哥哥，那该有多好啊！但这也是不可能的。想到这里，樱子忍不住狠灌了几口酒。

　　"你干什么？为什么喝这么猛？红酒啊，你这样牛饮合适吗？"

　　"没事，找找醉酒的感觉。你会一辈子做我哥吗？"

　　"才不要！你不知道做你哥多可怜！等哪天你和斌斌结婚了，我就解脱了！"

　　"你讨厌我？"

　　"唉！笨丫头，你要接受现实啊！谁会永远陪着谁呢？但在这段时间，只要你需要我，我就一定会出现在你面前。"珉珉说这话的时候带着几分释然，像是下定了某种决心。

　　"谢谢珉哥！"这一次，樱子谢得真心实意。

　　往后的日子，珉珉会提醒她天冷加衣服，早起吃饭，小心着凉，等等，可谓无微不至，让她忍不住感叹有个哥可真好，怎么过去那么久她都没有发现呢？

　　这天，樱子听说新上市的一种饮料很不错，珉珉就陪她去超市买，到了柜台前，她傻了，她没带钱！

　　"珉哥，你带线了吗？"她把声音压到最低，本以为，只要珉珉带了就没事了，但……

"我也没带啊！好了，你在这等着，我很快回来。"珉珉飞快跑远，她退到一边。这一刻，樱子的脑海里又浮现出无数次珉珉为了别人弃她而去的画面，心下冷然，开始四下寻找能够帮她付了这几块钱的人。

"樱子，你在看什么啊？"珉珉的声音很快响起。

"你回来了？"樱子因为震惊，声音都拔高了好几度。

"我在你心里就这么不可靠吗？"

"好啦好啦！总算得救了！我们走吧！"樱子尴尬地付了钱，就拉着珉珉往外走。

"那走吧！"珉珉跟着樱子出了门。

"珉哥，你怎么回来得这么快啊？"

"因为我怕你在那里等得着急啊！你刚刚是不是觉得我不会回来了？"

"那倒不是，只是我怕你被别的事情绊住，所以想看看有没有熟人，先帮忙付了。其实你不回来也没什么关系，超市离学校那么近，肯定会遇到认识的人。"

"樱子，你再也不会信赖我了，对吗？"

"不是呀？只是我已经长大了，总不能事事都靠别人吧？"

珉珉看着樱子良久，见她那双好看的眸子再无波澜。她最终垂下头去，没再说什么，默默地往前走。这条路的尽头是一片小树林，种的也是浪漫的法国梧桐，地上积了厚厚的落叶，踩上去发出'沙沙'声。踏过台阶，便可看见一个古老斑驳的建筑，是学院的旧图书馆。樱子很少来，中区有个新图书馆，各项条件都比它好。

今晚的月亮把这个陈旧的图书馆照得像个寂寞的老人，四周都是树影，旁边的花坛里也只有落叶，那盏古老的声控灯似乎也坏掉了。珉珉和她沉默地坐在檐下的台阶上，珉珉开始絮絮叨叨地讲：

"一开始，我就觉得你很有意思，可是那时候我因病休学，也不知道自己什么时候能好，更不敢把心思放在一个女孩子身上。后来你认识了斌斌，他说他喜欢你，对你一见钟情。我就觉得这样也不错，不管怎么看，你们都挺般配的。只是忍不住时不时跑来看看你。直到你和天涯交往，斌斌急了，要我帮他，后来你们如愿在一起，我也始终坚守着自己的位置。可我没想到我还会好起来，而你和斌斌竟然也到了谈婚论嫁的地步。人总是很贪婪，以前生死未卜，只想守着友情就好，等真的好了，又想追求爱情，可追求爱情的同时，又不想失去友情。你说，我为什么这么贪婪呢？"

珉珉说得很认真，一双眼睛死死盯着樱子，想从她眼中看见不一样的情绪，可回应他的只有平静，曾经出现在她眼里的那些欢喜、那些伤痛，都不见了。

"我曾经也很贪婪啊！既想要爱情也想要友情，弄得大家都不好过。最后还是因为斌斌，那样坚定执着，即使我没答应同他订婚，他也不曾放弃，甚至没有一句抱怨。我想这才是爱情应该有的样子，没有左顾右盼，没有瞻前顾后，只有一如既往，坚定选择。我用了很久的时间慢慢学会放下，也学会珍惜。我承认我曾经动摇过，但是我们交往的两年多，他那么坚定地选择我，我也应该坚定自己的感情。"

"所以，一切都来不及了，是吗？为什么会这样？"

"因为我们都长大了，很多事情都不能再继续糊涂下去！否则，受伤的人只会更多。"

"看来，我曾经的小丫头，是真的找不回来了。"

"我会永远做你妹妹，你也永远是我的珉哥，斌斌也依旧是你从小一起长大的好兄弟。"

"我能抱抱你吗？"

"嗯。"见樱子没有拒绝，珉珉小心翼翼地抬起手臂，把樱子搂进怀里。许久才放开，两人都很清楚，这一次，是真的彻底放开了。

斌斌没有让樱子等很久，寒假的时候他用漫天的烟花准备了一场盛大的求婚仪式。

"樱子，我爱你！这辈子只爱你！你愿意嫁给我吗？"斌斌单膝跪地，高举着鲜花和戒指，满怀期待地望着她。

"好啊！"樱子笑着应道，从容接过了斌斌手里的鲜花，又伸出左手，等他给自己戴戒指。

　　"啊？这，这么爽快的吗？"斌斌满眼都是震惊，他准备了许多计划以应对被樱子拒绝后的情况，直到她答应为止。而现在樱子如此爽快地答应了他的求婚，确实令他意外。

　　"怎么了？你不愿意？"

　　"不是！当然不是！"斌斌颤抖着手给樱子戴戒指，因为过于激动，试了几次都没成功。

　　樱子干脆抓着斌斌的手，把戒指戴到了自己的无名指上。斌斌激动得几乎就要晕倒，为了不至于错过自己的幸福时刻，连掐了自己好几下，才恢复神志，也顾不得许多，抱着樱子就是一阵铺天盖地的吻。

（全文完）